數到十就親親你
3
作者 Wankling
（วาฬกลิ้ง）
繪者 KAMUI 71
譯者 胡

目錄

數到二十

一回到家裡，我做的第一件事就是洗個戰鬥澡，沒什麼心情看電視劇或是做其他事——全因為之前累積的睡意以及怒氣。

不過這種情緒誰都會有，通常只要一個人獨處，情緒就會逐漸平復。我打開冷氣調低溫度，埋在柔軟的被窩裡，花了些時間想著納十還有邇頤的事情；不過由於強烈的睡意，我不確定自己到底是什麼時候睡著的，再次醒過來的時候，轉頭看向窗外，發現天空已經完全陷入黑暗，時間顯示是晚上七點多。

我打開陽臺的玻璃門，僅關上一扇薄薄的紗窗讓外頭空氣湧入，再走去廚房煮了碗泡麵，然後靜靜地坐在廚房裡吃。我拿起手機一看，納十傳來的LINE訊息隨即映入眼簾。

nubsib：要吃飯喔，不要吃泡麵。

nubsib：再一下子我就回去了。

訊息是三十分鐘前發送的，那個孩子應該是猜到我會在這個時候醒過來，我嘆了口氣，卻還是回覆對方。

Gene：早就吃進肚子裡了，我懶得下去買。

納十擔心我，我知道，之前的爭執也只是一時覺得煩躁，但是一想到納十跟邇頤對話的情景就很煩悶，而且這件事情還跟我有關，這點又加深了我的怒氣。

即便我知道納十絕對沒有喜歡上他的朋友，但是……

「因為邇頤對基因先生有興趣啊。」

「胡說八道。」

一想起納十說過的話就令我搖頭，唔，那個孩子這麼聰明，竟然也會有糊塗的時候。

我也是有眼睛的，就我所知、所見，邇頤從遴選的第一天起，就沒有做出任何奇怪舉動，或者是表現出對我的半點興趣；雖然我在這方面沒有什麼經驗，但是作為常人的直覺還是有的。

叮咚！叮咚！

由於我正陷入在沉思，手機發出聲響的瞬間嚇了我一跳。

本來以為是納十回覆訊息，但是當我拿起手機查看，卻發現是個不熟悉的名字。

OEI：（發送貼圖）

OEI：基因哥。

發送訊息的這個名字還沒有被加為好友，對方發送了一張可愛的貼圖還有我的名字，個人頭像則是一張甜美臉蛋與近距離的紅唇特寫，光是這些資訊我就能知道這人是誰。

OEI：猜猜我是誰？

Gene：邇頤。

OEI：（發送貼圖）

OEI：沒錯。

看著對方傳來用字俏皮的訊息，我瞇起眼睛。

在這之前，我們還在洗手間前面爭論過，這孩子陰晴不定的態度真令我摸不著頭緒。

Gene：你是怎麼拿到我的 LINE 的？

OEI：偷看到導演手機裡的號碼然後記下來的。

OEI：我們見個面吧。

OEI：之前的話題還沒有說完。

OEI：我現在正在W飯店的地下室。

Gene：你沒有去吃飯嗎？

OEI：一開始就沒有答應要去，我自己一個人，怎麼？不敢來啊？

OEI：（發送圖片）

OEI：先前的對話讓我很不爽。

Gene：在你旁邊的是誰？

我盯著邇頤發送過來的照片，上頭除有酒杯以及纖細瘦弱的一隻手外，還看到某個人粗壯的手臂以及部分面容，我皺著眉頭打字問：

OEI：真愛吃醋，總之不是納十就對了。

Gene：不是這個意思，我知道他不是納十。

OEI：哈哈哈，我也不知道他是誰，他只是過來請我喝酒，想喝的話就過來吧，基因哥由我請客。

Gene：我要是找不到你會打 LINE 過去。

我起身將杯子放進水槽裡，之後快速地整理服裝儀容，隨意地梳了一下頭髮，不過出門之前沒來得及戴上隱形眼鏡。

本來對邇頤是真的很惱火，但一想到邇頤只不過是因為吃我的醋，內心委屈，放任情緒凌駕於理智之上，才會脫口說出一些不得體的話。雖然他說他是一個人，但是照片裡面還有一位不明男子，我不由得擔心起來。即便我不是那孩子的父母或是監護人，但放著他不管也是挺令我擔憂的。

邇頤說的地點並不難找，這附近有很多外國遊客，一路上可以看到零星幾間足部按摩店以及泰式按摩店。我把車停在一邊，下車詢問警衛，對方就帶領我到飯店的餐廳區，餐廳大門旁邊還有一扇通往地下室的門。

這下面是一間酒吧，被裝潢得像是小吃店一樣，吧檯呈現長長的Z字型。調酒師的後方有一個展示櫃，櫃子上全部都是用來裝飾的酒精飲料瓶。

放眼望去這家店的客人並不多，我馬上就看見邇頤，慶幸現在沒有其他男人和他在一起，之前那個人或許真的只是純粹想請他喝酒而已。

我靜默地坐在他旁邊的圓形椅子上，見邇頤停下動作，我也跟著停頓。

邇頤眉毛一揚，轉頭發現是我之後睜大雙眼。「竟然還戴了眼鏡。」

「……」
「而且還真的來了。」
「……」
我滿臉不悅，不予以回應。邇頤見狀又繼續說：「想要喝些什麼嗎？我說過了會請你喝。」
「不用了，付錢吧，等一下哥送你回去，有什麼事到車上談。」
「別這麼趕嘛，不管怎麼樣，你都特地來到這裡了。」邇頤眉開眼笑，一手指著我，一邊轉向調酒師說：「給我來杯莫吉托，做特別一點的喔。」
我微微地嘆了口氣，但也沒有阻止開始調酒的調酒師。
「過來找我，十沒有說什麼嗎？」
被邇頤這麼一問，我才想起來。
對耶！我都忘了，因為光顧著考慮邇頤還有其他事情，再加上先前發送訊息給納十的時候他還沒有回覆，猜想他應該是和工作上的長官們在談話，才會沒有時間看手機，所以我完全忘了這回事。
直到邇頤提起，我才將手伸進口袋裡面找手機。
「不需要了吧。」
還沒有摸到手機，邇頤就先抓住我的手。

「我們難道不是來談話的嗎？先前才談到一半，基因哥應該也不想要像上次一樣讓納十過來攪局對吧？」

對方的一席話使得我沉默了半晌。

「……要這樣也行，把事情談完趕快回家好了。」

「嗯，我們聊到哪裡了呢？」邇頤喃喃自語，一副若有所思的樣子。「就從基因哥喜歡十的事情開始說好了，哥是真的喜歡十嗎？」

「……」我凝視著他的臉，並沒有馬上回覆。

邇頤抬起手托著臉頰，同一時間，調酒師也把一杯莫吉托放在我們面前，邇頤順手把酒杯推到我這邊。

「其實我已經猜到了，十也喜歡基因哥。」

邇頤的神情流露出些微哀傷，比起在洗手間前面發生衝突的時候要冷靜得多，因為他沒有對我表現出尖酸或者是不禮貌的行為。他舉起面前的酒杯嘗了一口，我忍不住問：「邇頤是同性戀嗎？」

「對，我不喜歡女人，麻煩，而且……我比女人還要可愛。」

「……」

「呵，基因哥的表情真搞笑。」

「你剛剛到底喝了多少？」

「差不多喝了一點。」

邇頤……你還真的是該死的喝醉了呀。

他或許是為了納十的事情而難過才多喝了點。在來到這裡之前，我原本以為會和在洗手間前面的情況差不多，結果和我所預想的相差了十萬八千里。邇頤顯然喝醉了，絮絮叨叨地說了一大堆話，不但提起了為什麼他會喜歡男人的事，還說了些他跟納十在大學裡的事。

結果我反而變成了喝醉的人發酒瘋時的傾訴對象。

聽了將近一個鐘頭之後，我暫時把邇頤託付給調酒師，去了趟洗手間處理私事，然後又回到酒吧向服務人員點了杯白開水；我走回吧檯，發現邇頤竟然又多點了一杯酒。

「邇頤，已經夠了。」

「沒關係，我酒量好，只不過是微醺而已。」邇頤把之前那杯雞尾酒再次推到我面前。「我點給基因哥的莫吉托連一口都還沒有喝呢。」

「不了……」

「又露出那麼可愛的表情了。」

我翻了下白眼。「可愛的難道不是邇頤嗎？在這之前你不是才剛說過嗎？」

「如果基因哥不可愛，十還會喜歡嗎？」

又開始抱怨了。我嘆了口氣，將白開水端給他，邇頤依舊滔滔不絕地說個沒完。

「我啊，沒有半個人愛，就連父母……」

「……」

「我嫉妒基因哥，不喜歡，想要討厭你……卻怎麼也討厭不起來，笨笨的卻又很善良，你願意出來找我，是因為看我一個人在喝酒對吧？」

「邇頤……嚇！」

我說話的聲音變成了驚呼，迅速抬起手按住邇頤瘦小的肩膀——因為離我有一段距離的邇頤倏地衝上來靠近我，我們的嘴脣差點就碰在一起。

「基因哥。」

「啊？等等，先往後退一點，我撐不住你。」

「像基因哥這麼好的人不會嫌棄我對嗎？」

「哈？」

「不要喜歡十，然後喜歡上我好嗎？」

「……」

「我也很可愛呀，床上功夫也很不錯。」

「邇頤，不要再開玩笑了，喝點水，哥想要回去了。」

「不用回去了。」邇頤咧嘴一笑的同時，伸出手來緊緊地貼在我的臉頰上。「今晚跟我一起過夜吧。」

「邇頤……弟……弟弟。」我想要別開臉，感覺到自己臉上可能沒了血色，面前這個人水靈的雙眼正目不轉睛地凝視著我的嘴唇。「停、停、停。」

這是在發什麼神經啊？

我睜大雙眼看著邇頤，我想他是因為喝醉了所以才會做出這麼錯亂的事。雖然他的身材比我嬌小，但是像這樣毫無顧忌地衝上來倒在我身上，我不得不先撐住他，才不至於雙雙倒在地上，結果我卻沒有多餘的手可以拉開邇頤貼在我臉頰上的手。

在拉扯的時候，僅差那麼一秒，我們的嘴唇就要貼在一起。

搞笑嗎？是在搞笑嗎？我非常慌亂，眼睛睜大到快要掉出來。

「我們來……」

唰！

有隻厚實的手及時覆蓋在我的嘴巴上。

我和邇頤同時停下動作，邇頤發現有人出手阻擋，勃然大怒，隨即不高興地咒罵——

「我操，做什麼啊……十？」

站在我身後的人，正是身材高挺俊拔的納十，他帥氣的臉上面無表情，恐怖的眼神嚇得我絲毫不敢亂動，我抬起頭，瞥見邇頤也同樣愣住了。

過了將近一分鐘，邇頤貼在我臉上的手才被納十揮開，他的表情依舊驚魂未定。

「怎麼過來的？」邇頤低聲呢喃。

我也嚇了一跳，不是因為看到納十被嚇到，因為我之前去了趟洗手間，順便把自己在哪裡、做什麼事情都跟他交代；我被嚇到的原因，是因為邇頤突如其來的告白，以及驟然衝上來想親我，再加上他煩躁的神情以及咒罵出口的髒話，完全料想不到他的個性是這個樣子。

納十並沒有回答邇頤的問題，他的視線往後望去，當我跟著他的動作向後看，這才發現還有個意想不到的人也來了。

「你又闖禍了。」

邇頤睥睨了對方一眼。「賽莫。」

納十不是一個人前來的，身後還有個賽莫。賽莫一身時尚套裝，在來這裡之前應該也是去參加宴會，他掃視周圍的情況，接著無奈地搖了搖頭，伸手放在邇頤瘦弱的肩膀上，然後把人拉開來，為此邇頤煩躁地不斷發出咒罵聲。
邇頤轉過頭來看著我，當我們的目光交會時，他立刻流露出寂寞的神情。「是基因哥叫過來的嗎？哥為什麼要叫他們過來？我們只是一起喝酒也不行嗎？」
我依舊處於一片渾沌之中，只能眉頭緊蹙地眨著眼睛。
邇頤把賽莫放在肩膀上的手甩開，板著張臉抱怨：「喔！我請基因哥的飲料連一口都不願意喝是嗎？」
「哥……」正當我要開口的時候，賽莫率先喊了他的名字。
「邇頤。」
邇頤深深地吸了一口氣，然後用力地把這口氣宣洩出來。
「不要拉我，知道了，要回家了！」
嬌小的邇頤站了起來，伸手拿起錢包，歪歪斜斜地走向通往上方的樓梯。賽莫回過身來看了我還有納十一眼，聳了聳肩膀，隨後轉身跟上去。
我心情尚未平復地望著這兩個人的背影，腦袋像是被鐵鎚重重攻擊過一般，眼冒金星。
我瞄了納十一眼，發現他也正盯著我，他的眼神讓我張著嘴卻說不出話來。

好一段時間我都不敢正眼看他，後來乾脆別過臉看向面前的吧檯，盯著邇頤點給我的那杯莫吉托，已經放了一個多小時，我卻連一口都沒有碰到。酒杯旁放了兩、三張千元大鈔，這應該是邇頤說要請我喝酒的錢吧。

一想到這裡，我不免同情起他，而且也心疼這昂貴的飲料錢，因此伸出手去拿起酒杯，不過杯子還沒碰到嘴唇之前就先被一隻厚實的手搶走了。

我抬頭一看，發現納十已經代替我把它喝完，他似乎完全清楚我在想些什麼。

「……」

「現在可以回家了嗎？」

低沉的嗓音響起，雖然納十平穩的語氣沒有表現出任何情緒，但是我卻能感受到納十對整起事件的不滿。

「啊……嗯。」

納十先走向樓梯，我望了望他寬闊的背影，接著才起身跟上去，試圖和對方保持一段距離，但是不一會兒，納十就猛然停下腳步。

他轉過頭來，目光如炬地注視著我。

就這樣沉默了一段時間，隨後那隻先前摀住我嘴巴的手伸到我面前，我不曉得該怎麼描述此時此刻的感覺，不過當下立刻牢牢地抓住對方溫暖的手。

之前去洗手間的時候，我才有時間查看手機訊息，可是螢幕上卻顯示納十尚未閱讀我之前發送的訊息，我焦急地回撥給對方，納十只是簡短地詢問我人在哪裡，確定我的所在地之後，堅持讓我等在原地，哪裡都不要去，然後就掛斷電話。

我知道他會過來找我，但沒有想過會那麼剛好被他撞見那場意外。直到我們一起坐上那臺高級跑車，納十依舊悶不吭聲，而我則是不斷偷瞄著坐在身旁的他。

納十發動了車子，空調也跟著啟動，但是他卻沒有踩下油門。

「基因先生。」

「唔……嗯！」

我立刻轉向對方，納十快速地把手伸向我的後腦杓，我整個人還沒有反應過來，他帥氣的臉就直接靠近，把嘴脣貼在我的嘴上。

這股侵略性的力道令我一陣酥麻，當我的下脣陡然間被含吮的時候，我感受到輕微的疼痛。

「我到底該拿基因先生怎麼辦才好……」

「……」

「為什麼要對其他人這麼好？」納十貼著我的嘴脣，低語呢喃。

我不知道該如何是好，納十見我默不作聲才向後退開。他的神情不是很高興，但看得出來他正試圖控制情緒，我瞥了他一眼之後就把頭低下來，看著自己的腳。

「知道自己做錯什麼事情了嗎？」

我輕輕地抿著嘴唇。「嗯，我又沒有……」

「嗯？」

「好啦……是我錯了。」

納十徐緩地點了點頭，帥氣的臉龐轉向我這邊。「你錯在哪？說出來讓我知道。」

「我錯在和邇頤說話，在你已經警告過我不要和他扯上關係之後。」

「不對。」

「……」

「你錯在讓我擔心。」

我不由得愣了一下。

「你去跟邇頤見面的時候，知道我有多擔心嗎？」

「嗯，但是……」我先是點了點頭，不過一看到納十濃密的眉毛稍微皺了起來，就忍不住想要開口解釋：「我也只是到外面來找邇頤，並沒有去其他地方啊，而且打算談完就會馬上回家。邇頤他也是你的朋友，我已經是大人了，你其實不用那麼擔心我。」

「我早就告訴過你了不是嗎？這跟你是不是大人沒有關係。」

「……」

「因為是重要的人才會擔心啊。」

擔心……

「……對不起。」我輕輕地說出口，眼眸低垂。

過了一陣子，納十微微地嘆了口氣，把手伸過來貼在我的臉頰上。就在我抬起頭的瞬間，他把嘴唇緊密又輕柔地貼在我的嘴角上，然後才依依不捨地退開來。

「下一次別再這麼健忘了。」

「好啦，好啦，不會再忘記了。」

納十滿意地點了點頭。

不過我倒是還有掛心的事。「不過……關於我和邇頤談話的事情。」

「嗯？」

「你沒有不高興吧？」

「不高興。」

我愣在當場，某種情緒忍不住湧了上來。

「我不高興別人碰我的基因先生。」納十那雙精銳的眼眸再次凝視我的眼睛，接著看向我的臉頰，他的指尖滑到我的臉頰上又按又捏。「這張屬於我的嫩臉也被邇頤摸到了對吧？」

「……」

「除了擔心之外，我還吃醋。」

納十再次讓我啞口無言，我心慌意亂地拉開他放在我臉上的大手，無法好好地表達自己想說的話。「我……以為你是怕我會罵邇頤，所以有一點懊惱。」

「你剛剛說的話，代表著什麼意思你知道嗎？」

納十的問題讓我一頭霧水地回望。「代表什麼意思？就……表示我不高興啊。」

「對，然後也代表了基因先生在嫉妒。」

我沒有回答，把臉別向另外一邊。但我並沒有否認，因為回想這一切之後我也瞭解了自己的心意，或許是因為尷尬，我趕緊轉移話題——

「我沒有想過邇頤會那麼做。」

其實就算到了現在，我對邇頤的態度仍然不解。先前納十說過邇頤對我有興趣，但就算邇頤親口說出喜歡我，我也依舊感受不到他是真的喜歡我。

不過有一點可以確定的是，邇頤所表現出來的憤怒以及直截了當的咒罵才是他真正的性格，並非是他之前展現出的可愛又守規矩的模樣。想到他先前一直偽裝成謙恭有禮的好孩子形象，我不禁毛骨悚然。

不管是納十……或者是邇頤，現在的孩子們到底是怎麼了？

有了這個想法，我就立刻放開納十的手，發現對方眉毛微微上揚。

「唔……」不過當他緊盯著我的嘴唇再度靠過來時，我又馬上重新緊抓住他的手。

夠了，光是這樣我的心臟就快要承受不住。

「我們來交換一下吧。」

「嗯？」

「以後，不管去哪裡我都會告訴基因先生，基因先生也同樣別忘了告訴我，好嗎？」

「好，我會告訴你的。」

見我點頭，並且斬釘截鐵地回答之後，納十的眼神改變了，嘴角揚到最高點，原本籠罩在他四周的恐怖氛圍也消失無蹤，我終於能夠舒坦地呼吸了。

我望著身旁這個人的帥氣臉龐，不一會兒又轉向別處，但還是忍不住把卡在心裡面的事情脫口而出——

「那個，我可以問一件有關邇頤的事情嗎？」

「如果你不是想要劈腿，當然可以問。」

我差點被他漫不經心的回覆嗆到。「邇頤跟賽莫很要好嗎？」

「賽莫和邇頤的姊姊是朋友。」

「姊姊的朋友？」我的表情隨即變得呆滯。「在拍戲的時候看起來不像是認識。」

「那是……他們兩個人的事嘍。」

我仍舊皺著眉頭，不過聽到這席話，也能理解這是他人的私事，因此我選擇不再繼續關注。「那麼邇頤……真的是同性戀嗎？」

「是的。」納十點了點頭，完全沒有露出驚訝的表情。

「難怪邇頤會說他喜歡你……」

「邇頤是攻。」

「……」

什麼！

坐在駕駛座的納十應該有看到我滿腹狐疑的模樣，因此又替我補充了幾句：「而且他也沒有喜歡我。」

「……」

「我跟邇頤沒有那麼要好，但我承認我跟邇頤的喜好相當接近。」納十在描述自己朋友的時候，眼神裡面沒有透露出任何情緒。「因為我喜歡基因先生，你能理解對嗎？」

納十喜歡我，而邇頤跟他的喜好相當接近……言下之意，也就是邇頤喜歡我嘍？

我皺起了眉頭，實在是難以相信，就連現在也不想去相信。

「那為什麼邇頤要告訴我他喜歡你？再加上那天他跟你出去吃飯的時候，他還親……」

「如果我跟你說，那個時候是邇頤先打退堂鼓的，基因先生會相信我嗎？」

也就是說，納十很清楚他的朋友是什麼情況，所以在停車場的時候才沒有閃躲是嗎？

「不過我沒有想到，那個時候基因先生也在現場。」說到這裡，納十皺起眉頭，不過才一秒就恢復成原先的神情。

我一邊聽一邊思索，釐清頭緒之後就點了點頭。「但是……無論如何，邇頤會喜歡我這件事情怎麼想都不太可能。」

「為什麼呢？」

「啊，為什麼他會對我有興趣？我既不帥又不有錢。」

另外……就像先前所說的，我完全沒有感受到邇頤對我的好感。

「嗯，不過基因先生很可愛。」

「……」

「現在邇頤可能只是對你有興趣，但是誰又能夠保證，未來他不會真的喜歡上基因先生？」

見我整張臉都皺成一團，納十不由得笑了起來。「因為我喜歡基因先生，才會讓基因先生覺得你自己不帥又不有錢。但是如果連我都喜歡上你了，那別人為什麼不能喜歡上你呢？」

「那……」我啞口無言。

為什麼納十可以完全不害臊地說出喜歡這兩個字呢？

我忍不住把臉轉向別處，覺得臉好像被火燒到一樣，回答不出任何話來。不過無法否認的是，我心中放下了一顆大石，而且也鬆了一口氣。

過了一陣子，我才緩緩地抽回手，如果不這麼做的話，內心絕對無法保持冷靜。我輕聲說：「我想回家了。」

「好，那我們一起回家吧。」

納十點點頭，但遲遲沒有踩下油門，他拿起手機撥了通電話給某個人，對話的內容大意就是請人來幫我把車開回去，同時向我伸出手，他還沒開口，我就先乖乖地把鑰匙交到他手上。

十八號露出了淺淺的微笑，他彎下身來，把鼻子還有嘴巴用力地貼在我的臉頰上面，又藉機摸了摸我的頭，打開車門走出去，以他那特殊的低沉嗓音繼續朝電話另一頭說明飯店地址，以及我的車子型號。

我只能傻傻地望著他的背影。

我從嘴裡沉沉地吐了一口氣，轉回來靠在Aston Martin的真皮座椅上，漫無目的地看向車窗外，才剛鬆懈下來不到五分鐘，放在褲子口袋裡面的手機震動了起來。

叮咚！叮咚！

OEI：基因哥，對不起喔。

OEI：因為我太生氣了，沒有先道別就回家了。

邇頭……

我馬上再次繃緊神經，先向窗外張望一下，深怕納十剛好回過頭來撞見，不過他顯然還站在原地講電話。我稍微移動一下坐姿，把螢幕轉向自己。

OEI：下次我再請哥喝酒。

我逐字逐句地看著邇頤傳過來的訊息，原本下定決心不予以理會，但又想說任何事情都應該有一個結果，因此決定回覆對方。

Gene：不用了，已經喝光了。

OEI：喝光了？十同意讓你喝嗎？

OEI：騙我的吧？

Gene：哥不能喝酒精飲料，十就幫忙喝光了。

我選擇據實以告，因為不想要讓對方覺得難受，回覆到這邊之後我就立刻退出ＡＰＰ。

手機不斷發出提示鈴聲以及震動，我想要直接關掉聲音，但是螢幕閃現了幾次強光後，上頭顯示的訊息使得我整個人僵住。

OEI：十喝的？真的嗎？

OEI：基因哥。

OEI：十讓我很不爽，幫我問問他，他到底是跟賽莫講了什麼？

OEI：基因哥，不回我？

OEI：ＯＫ。

OEI：知道嗎？那杯飲料，其實被我下藥了。

OEI：如果喝了，就讓十一整個晚上都泡冷水吧，藥效很強喔。

手機差點從我手上摔下去。

藥？

催情藥？

真的嗎！

幹……

數到二十一

我把基因的車鑰匙交給一個氣喘吁吁跑過來的男人，視線稍微跟著他的背影看了一會兒，確認沒有出錯，直到基因的車子被駛離飯店，這才轉身回到自己的車子上。

一打開車門，我就看到一隻可愛的生物全身僵硬地坐在裡面。

眉毛瞬間揚起，當我把手伸過去觸碰他渾圓又柔軟的臉頰時，他整個人震了一下。

「……十。」

「怎麼啦？」
「什……什麼怎麼了？」
他的樣子很奇怪，不禁令人擔憂。我才剛跟他談完，不應該會有其他的問題才對。我身旁的這個人，是那種一旦不去想事情的時候就完全放空，但是當有什麼事情卡在心裡就會開始胡思亂想，他不著邊際的幻想有時讓人感到內心疲憊。
「這副表情是在想些什麼呢？邇頤的事嗎？」
我試探性地詢問，對方聽到這個名字時做出的反應，被我盡收眼底。那雙圓滾滾的眼睛稍微睜大一些，同時把臉轉過來看著我，一臉擔憂。
「在這之前你喝了……」
「嗯？」
「唔，沒什麼事。」
我端詳著對方，很確定發生了一些事情，不過直接詢問的話應該是無法得到答案，因此就不再多說。我靠過去幫他扣上安全帶，接著就坐回來調動車子的排檔。
車子一路行駛在寬廣的路面上，但是身旁的這個人看起來異常地坐立難安，一直不停偷瞄，一副欲言又止的模樣。我利用停在十字路口等待紅燈的空檔，拿起手機發了一則訊息詢問賽莫，等了一會兒，對方就回覆訊息了。

我知道一定是邇頤動了什麼手腳，即便我們是朋友，但是也沒有那麼要好；另外……他的個人問題其實並不想要讓別人知道，也不想要被干涉，現在最理解他的人……莫過於賽莫。

「我問了，但是他不想回答，只說了跟基因哥講了一些事情。」

我看了手機螢幕一眼就把它收起來，轉頭看向坐在身旁的人，但是對方卻馬上避開我的視線，裝作什麼事情都沒有發生一樣，看起來實在是太可愛了，讓我忍不住想要捉弄他一番。我得收斂一下揚起的嘴角，要表現得更平靜點才是。

「會熱嗎？冷氣要開強點嗎？」

基因立刻轉過來盯著我瞧。「不，你會熱嗎？」

「呃……」

「你會熱對吧，會不會很熱？很悶？」

「有一點點。」

「幹，快點開車回家。」

我盯著基因抬起來催促的小手，待號誌燈轉變成綠燈，我就聽話地遵照對方的指示踩下油門加速。

抵達公寓大樓，基因就非常迅速地打開車門跨出去，就在我準備熄火的時候，他繞過車子前方，過來主動幫我打開車門，全程目不轉睛地緊盯著我。

就算是到了樓上，他也不像往常一樣立刻回到他自己的屋子裡。

「你先去洗澡吧，洗冷水澡好了，不要浪費電。」

「沒關係的，電費才那麼一點點。」

「在車上的時候你不是說會熱？洗冷水澡比較好。」

「……」

「……」

「皮膚才不會太乾燥。」

「還能幫助消耗脂肪。」

我啞然失笑。「好好好，冷水就冷水。」

基因滿意地露出喜色。

因為不想要讓他等太久，所以我立刻走進浴室裡面然後關上門，但是我並沒有依照他說的那樣洗冷水澡，而是用了溫度適中的熱水。

「冷水舒服嗎？有比較清爽了嗎？」

一道微弱又疑惑的聲音響起，我不由得朝浴室門口望去，看見站在外頭的人影走過來又走過去。

怎麼會可愛成這樣……

「嗯，很舒服。」

「嗯，那就好。」

我很快就洗好了，抽了條浴巾纏繞在腰上，一走到外面就看到基因坐在床尾，一副心事重重的模樣盯著手機。他一聽到開門的聲音就立刻放下手機，隨即起身走過來站在我旁邊。

我不由得喜上眉梢。「基因先生也去洗澡吧，櫃子裡面有一條新的浴巾，不用浪費時間再回去拿了。」

「謝謝，不過……你有比較清爽了嗎？」

「嗯，非常清爽。」

對方聞言鬆了一口氣，點了點頭，走過去拿出櫃子裡面那條乾淨芳香的浴巾，緊接著彎下身翻找他要替換的衣物，只朝我露出臀部還有一雙腿，像極了在搜尋葵花子的小倉鼠。我實在是忍俊不住笑了出來，也就不再用他沒有過問就隨意翻動我物品這點去逗弄他。

直到他進了浴室，我才把視線瞟向他放在床上的手機，螢幕還亮著，剛才打開的 Google 應用程式沒有關上。看到他查詢的資訊之後，我嘴角自動揚起。

「真的有催情藥嗎？」

「納十！」

門才關上不到一分鐘又被重新打開。

「是？」

「你根本沒有洗冷水澡，裡面該死的還有水蒸氣！」

望著從門口探出頭並且露出不悅神情的基因，我裝模作樣地挑高了雙眉，語氣平緩又可憐兮兮地回覆對方，演技非常的自然。

「冷水太冰了，我好冷。」

「你真的很任性耶！」

浴室門被甩上，隨之響起的是蓮蓬頭水流撞擊在地上的聲音。趁基因在洗澡的時候，我運用這一段時間把衣服穿戴整齊，然後靠坐在床頭等待。

我一隻手拿著自己的手機，手指隨意地滑著螢幕瀏覽資訊，至於另一隻手則是拿著基因的手機，悄悄地滑動著。

催情藥……肯定是邇頤。

喀啦！

浴室的門又再度被開啟，熟悉的可人兒帶著與我相同的肥皂香氣走出來。

我的汗衫還有短褲穿在基因身上有點鬆垮，讓他看起來更加纖細，很明顯像是小動物一樣。實際上，基因的身材並不嬌小，但是和我相較之下，無論是身高或是體格都有一定的差距。他穿著我的衣服，彷彿整個人都是屬於我的，一想到這裡，我不由得咬緊牙根。

我告訴自己要冷靜，千萬不可以把他拉到懷裡使勁地抱著。

最後我就只是看著他，露出淺淺的笑靨。

「基因先生今天要睡在我的房間嗎？」

「嗯。」

他走過來靠得很近，過程當中不斷觀察我。

「真奇怪。」

「什麼奇怪？我就是不知道該怎麼幫你啊，你這個樣子我會擔心……唔。」

那張柔嫩的嘴瞬間閉上。

「這個樣子？是哪個樣子？」

「沒事，睡覺吧。」

「好。」

基因依舊忐忑不安地望著我，不過還是伸手把柔軟的棉被拉上來，然後鑽進被窩裡，躺在我旁邊。我瞇著眼往下看，發現這張 King size 的床實在是太大了，我們之間竟然隔了好幾公分。

我並沒有靠過去接近基因，而是躺在原來的位置上，只是翻身朝向他。

基因本來就是側身面向我，在黑暗中可以清楚地看見他圓滾滾的雙眼正凝視著我；就算我盯著他，他也不像以往一樣別開視線。

見他這副模樣，我忍不住輕輕地嘆了一口氣。

「怎樣？怎麼樣了？」

「我覺得……好像變熱了。」

「哈？真的嗎？」

喜歡的人躺在旁邊盯著我看，就算不用假裝也很容易發熱。

基因用手肘撐起身體，伸出另一隻手作勢要放在我額頭上，但還來不及觸碰到就先收回去，眉頭緊蹙地喃喃自語。

「來真的嗎……」

「……」

「一起去醫院吧。」基因坐直了身體，打開床頭的檯燈，接著突然伸出雙手使勁全力地抓住我的手臂。猝不及防下，我身體翻了半圈，上半身就這麼壓在他身上，整張臉也剛好埋在他柔軟的肚子上。

我還沒來得及反應過來，原先被基因抓住的那隻手臂反倒先被他打了一下，而且他還用力地推開我肩膀。

「你到底是在發什麼瘋啊！」

我瞋目豎眉，向他抱怨：「基因先生才是吧？」

「我正在擔心你啊！趕快起來去看醫生。」

「哎？為什麼要去看醫師？」

「因為你說熱啊？」

「只是因為熱就要去找醫生啊？」

「……」

「唔——」見他不願意回答，我皺著眉頭移動一下身體，伸手去拉開蓋在身上的被子。

就在這一刻，基因才輕聲地開口：「其實……」

「嗯？」

「你幫我喝掉的那杯莫吉托，邇頤說他加了催情藥。」在說話的時候，基因愧疚地低下頭。

見他總算肯承認了，我挑高眉毛，就算早就知道這件事，卻還是裝出了驚訝的聲音——

「催情藥？」

「對。」

「不可能的，邇頤是要從哪裡取得催情藥？」

「真的嗎？」

「嗯，如果看起來很可疑，我根本就不會喝掉它。」我笑了笑，伸出手輕輕地撥開他抓著我的手，稍微皺著眉轉身退開來，不過始終緊盯著我看的基因卻滿臉狐疑。

「說謊，假如真的沒有，為什麼要表現得這麼坐立難安？」

「怎樣坐立難安？」

「因為平常的你不是這個樣子，今天我跟你一起睡，你竟然沒有抱我。」

聽到這番話，我差點要失笑。就算沒有被下藥，我還是有衝動想要侵犯那張柔軟的嘴。「你是想要被我抱嗎？」

基因意識到剛剛說了什麼話之後，當場愣住了。「不是這樣的！因為平常都是這個樣子的啊！」

「OK，那我之後會牢牢地抱緊你的。」

基因眯起了眼睛。「那為什麼不現在抱呢？」

「……」

「其實你在壓抑對吧？不要假裝是好人了，從實招來。」

「……」

「納十！」

聽著基因強硬又有些焦急的聲音，我有些心疼地想要安慰他，但是又想要繼續再看他心急如焚的樣子一會兒，他非常的惹人憐愛。

我靜靜地看著基因的臉，接著收斂起笑意。「我去趟浴室。」

「洗澡嗎？你一開始不是洗過了嗎？如果症狀還沒有退去，洗澡也只是白費力氣，邇頤說過藥效很強的。」

「……」

「如果不去看醫師，你可以自己處理嗎？不然就……」

「沒有關係的，基因先生先睡吧。」

「瘋了嗎？你都這樣了我怎麼……」

「我說過了，沒有的事，基因先生被邇頤耍了……」

我的眼睛稍微睜大了些，因為那個靜坐在床上的人忽地撲上來，抓住我的手臂然後將我拉回到床上，這已經是他第二次讓我措手不及了。當我倒在床上之後，始作俑者迅速地坐上來，把兩隻手蓋在我的手掌上，然後壓在我的耳邊。

基因跨坐在我的上方，我們的眼神不偏不倚地交會在一起。

他的樣子既慌亂又擔憂，非常強硬地開口說道：「你為什麼這麼欠打地要打斷我說話！」

「我……」

「不要再說了。」

這個大膽的人緘默著端詳我，深深地吸了一口氣，我很明顯地看見他胸部的起伏。

「我來幫你。」

我愣了一下。

如果上一次基因沒有喝醉，這已經是他第二次主動向我發動攻勢了。對方只有個子長得挺拔，實際上很容易害臊，很忠於自己的感覺以及所有情緒——除了戀愛方面之外。當這個容易羞怯的人主動表示要幫我，不禁令我震驚不已，空曠的房間鴉雀無聲好一陣子。

基因的神情這麼認真，我忍不住想要戲弄他。「又想再要我一次了嗎？不怕被我騙嗎？」

「如果你是在騙我，現在早就叫我幫你了，才不會自己跑進浴室裡面。」

我抬起一隻手貼在他臉上，沿著皮膚用指關節輕輕地愛撫著，可愛、善良……而且還很笨。

「不了。」

基因隨即皺起了眉頭。「為什麼？」

「基因先生不需要勉強自己幫我做任何事情。」

「我沒有勉強，不過是……唔，用手幫你。」一說到這裡，我的基因似乎是怕羞了，抿了一下嘴巴之後又快速地放鬆，然後繼續說道：「你以為我會幫其他人做是嗎？我願意幫你，是因為那個時候如果你沒有幫我喝，現在被下藥的人就會是我。」

「基因先生沒有事情就好了。」

「不要耍帥當男主角。」

我溫吞地搖了搖頭。「而且……基因先生現在也還沒有接受我的愛，這樣我不就像是在藉機占你便宜了嗎？」

「你沒有占我便宜，是我自願幫忙的。」

「……」

「你真的是……」

看我不願意回答，基因又更焦急了，腮幫子也鼓得更厲害。原本只是屈著膝蓋虛虛跨坐在我身上的他，一下子直接坐在我肚子上面，他毫不自知的直白誘惑，使得我不得不咬緊臼齒。

「其實……你早就知道我怎麼想了不是嗎？」

我用盡全力地克制著自己的意志，幾乎聽不見他細微的說話聲了。當我把視線對上他，那雙原本就盯著我的圓眸立刻轉向別處。

烏漆墨黑的房間裡面僅有檯燈微弱的橘黃色燈光，我們只能看得見彼此模糊的身影，但這似乎讓基因紅通通的雙頰看起來又更加紅潤。他的手似乎是不曉得該放在哪裡好，因此抓緊自己褲管，此舉透露出他的驚慌失措。

見狀，我的內心就像是被點燃的蠟燭，啞著聲音開口問：「你是怎麼想的呢？」

「我說過了，你早就知道了。」

「我想要聽你說，忘了嗎？」

「……」

「基因先生答應過我，到那個時候會抱著我，然後大聲地說出來。」

「害羞得要命。」基因皺著臉喃喃自語，接著他竟然做出我意想不到的舉動，他突然彎下身來靠近我，兩隻手臂攬住我的肩膀，像是在說悄悄話一樣的呢喃：「喜歡。」

「……」

「喜歡。」他可愛的聲音又再次響起。

「……」

「喜歡……吼！你是沒有聽見嗎？」這次基因把頭抬起來看向我，原先困惑的表情瞬間傻住，他揮動了手，賞了我一掌。「臭小子！聽見了就回應我啊，該死的竟然只顧著笑，為什麼要騙我說那麼多次？」

「對不起，我只是太高興了。」我說話的聲音夾帶著笑聲。

「……笨蛋。」

見他這麼可愛的模樣，我又笑得更燦爛。這個笑容是當下最真實的感覺以及情緒展現，基因可能不知道，只是短短的一句話，竟然可以讓我的喜悅盈滿到要溢出來。

無論是那個時候、這個時候，或是任何時候，我的眼裡就只能看得見這個人而已。

好幾年的思念，我敢承認自己迷戀著基因，因此完全無法看見其他人；現在知道一直以來所思念的人也喜歡著自己，對我們兩個人來說光是這麼一件小事，就好像成功地把整個世界掌握在手中一樣……而我的世界，就在我的面前，就近在咫尺。

我捉起基因放在我胸口上的手，然後把臉迎向他，為了把嘴脣溫柔地印在他的脣上。

「是基因先生自己說的話，不准你變心喔。」

「嗯，是我自己說的，那麼……」

「嗯？」

「你現在還受得了嗎？」

「……」

竟然還在擔心這件事情。

趴在我身上的這個人，本來表情還有一些害臊，接著又開始露出些許擔憂，即便臉頰還是紅通通的，但是那雙圓滾滾的眼睛卻不安地來回轉動著。

「現在你的那邊……」

「那邊不是因為藥物的關係，而是因為基因先生很可愛的緣故。」

他小巧的眉頭打成個死結，表情很明顯是在懷疑，可是他接下來卻冷不防地伸出手去抓住我的鬆緊褲，開口說道：「我已經在論壇上面查過了，有些藥物如果沒有發洩出來是無法排解的，如果你一味地忍耐，不好意思去醫院，那我來幫你。」

「基因先生，等一下……」我虛偽地舉起手欲迎還拒了一番。

但這個人怎麼也聽不進去，先是揮開我的手，接著就把臀部慢騰騰地往下滑動。

他笨拙的舉動不經意地挑逗著我，惹得我躁熱又疼痛，最後是咬緊牙根擠出話來：「我已經告訴過你了對吧？『下次若還有機會，我是不會改變主意的』。」

基因仍舊無視我的警告。我其實不想要對這個一心擔心我的人趁火打劫，但是他滾燙的手指以及一陣又一陣的肌膚接觸，燒盡了我腦中所有理智，身體比腦袋率先行動起來。我抓住那隻纖細的手扯向自己，翻身將他壓在下方，接著壓住他膝蓋。

我脫掉身上穿的衣服。

「納十……」

我無法克制嘴上的笑意。「ＯＫ，想要幫忙是嗎？那就用力地幫我吧。」

「要做……哎？」

基因的身軀瞬間僵化，柔軟的嘴唇微張，正準備要說些什麼，但是我選擇迎上前把舌頭鑽進去與他的交纏，讓他沒有機會可以抗議。直到對方發出壓抑的呻吟聲後我才退開，緊接著反覆親吻著他的側臉，同時將一隻手滑進他的汗衫裡，手掌慢條斯理地游移在他溫熱又滑嫩的皮膚上。

我伸手脫掉基因的衣服，當領子要通過頭部的時候，我看見了一張困惑又紅潤的臉。

我把身體卡進他修長又潔白的雙腿中，讓彼此裸露出來的肌膚貼合著。

我用前腿磨蹭著他的下半身，直到他顫抖了起來。眼見基因的眼神隨著情緒開始渙散，我不禁揚起嘴角。

「唔，納……十。」

我望著身下這個扭來扭去、試圖想要逃跑的人，抬起他的腿，使他膝蓋彎起，由於有股反作用的力道，我不得不貼緊對方。

「你……要做什麼？我說要幫你……」

「嗯，不是正在幫忙嗎？」

「這個樣子……唔。」

我的手往下滑，用指尖在基因的鬆緊褲頭附近輕輕摳弄再拉下，因為是當成睡衣，所以他裡面沒有再穿內褲。經過先前的挑逗之後，在沒有任何衣物隱蔽的情況下，可以看見可愛的器官彈了出來。

基因全身上下看起來都好可愛，就連這個地方也帶著粉色，我還來不及伸出手去觸碰，它的主人反倒先合上腿將它隱藏住，然後才抖著聲音開口說話，似乎是剛回過神。

「等一下……等一下，你要做什麼？為什麼要脫我的褲子……」

「讓基因先生幫忙啊。」

「那應該是我來幫忙才對，而不是你。」

「基因先生也有感覺了，不是嗎？」我一邊說著，一邊把手放在他小巧的膝蓋上，試圖把他的腳掰開，但是他竟然使勁地抵抗。看著他柔軟的雙唇抿起，我就彎下去把鼻頭貼在他另一隻膝蓋上，然後拖著舌尖肆意舔舐，摩挲著他大腿的手滑到柔嫩的臀部上輕輕地揉捏。「不用害羞，我們是情侶了喔。」

「我……我們才剛成為情侶……」

我展露出笑顏，手掌慢條斯理地撫慰著他。「基因先生雖然說要幫我，但是我不想要一個人做。」

「……」

「好嗎？」

「我……唔嗯。」

在我迎上前靠近他的耳邊時，短短的話語變成了輕柔的呻吟，這樣的反應令我忍不住在他的臉頰上親吻了好幾回。

我把身體拉回來，一遍又一遍地用手掌緩緩撫揉著基因，為了讓他能夠放鬆下來，直到願意張開雙腿為止，好讓我能夠仔細地查看裡頭的每一寸肌膚。

「等一等，納……納十。」

「怎麼了？」

「我們……我們真的要做了嗎？」

就在這瞬間，我似乎聽見心臟強烈跳動的聲音。

被壓在身下的這個人，無論是凝視我的眼神或是紅潤的臉頰，彷彿都在令我越陷越深。身體中央的那個地方越發疼痛，恨不得立刻與基因柔軟的身體緊密地貼合在一起。

「當然要做。而且還要用力地做，就像我剛剛說的那樣。」

聽的人睜大雙眼。「你……唔！」

我用自己的嘴脣讓對方閉上嘴。

我藉機壓住基因稍微鬆開力道的雙腿，成功地卸下他用來庇護的盔甲，我的動作沒有太過急躁，以免他會受到驚嚇。我很清楚地知道，如果基因哭著讓我停下來，我肯定會強迫自己停下來。因為不想要事情發展成那樣，所以我的嘴脣再次迎向心愛的人，不讓他有時間可以思考。

逐步誘導之後，我稍微退開來讓基因可以喘口氣，接著又重新迎上去與他交纏在一塊。在這之後，我緩慢地把臉往下移，聞著他肌膚上散發出來的淡淡肥皂香氣。

一路移動到和他一樣可愛的乳頭上，我輕柔地親吻一下，一陣呻吟響起。

「啊，納……」

我的肩膀被基因狠狠地揑住，我抿起嘴巴吸吮，同時用舌尖反覆地圍繞著乳頭，他的指甲隨即刺進我的肌膚裡。我把另一隻手滑向另一個乳頭上輕輕地搓揉，覺得兩邊都應該要被服務到，然而當我把指尖往下按壓再往上揑扯時，基因的身體震了一下。

「這個樣子是不是更有感覺了？嗯？」

被問話的人拒絕回答，抿著雙脣防止自己發出聲音來，甚至還緊閉雙眼。他可能不曉得，越是閉上眼睛去感受，感覺反而會越明顯。

見他這麼沒有經驗的模樣，我不由得輕輕地發噱，伸手去脫掉那件睡褲。基因依然閉著眼睛，伸手拉住一旁的床單，把它都抓皺了；也因為這樣，他並沒有發現我把身體迎向他可愛的下身。我用指尖輕輕地刮了那裡一下，他因此嚇了好大一跳，動了動腿試圖再次隱藏，卻被我用肩膀擋住了，我將他一條白皙的腿抬起來抵在肩上。

我不慌不忙地用手在那個地方上下滑動，以拇指按壓著他可愛的末端，隨後透明的液體就不斷湧現。

「唔……」

接著我鬆開那處，手掌滑向他軟嫩的屁股。或許是因為那裡被玩弄的緣故，基因看起來像是全部的力氣都被抽走了，表情很是難耐，好像對性愛這一方面不怎麼熟悉。

看著那顏色鮮明又可愛的粉嫩洞穴，我的臉逐漸靠上去，隨即把嘴脣貼上，輕柔地吸吮小肉穴的入口，然後使力地抿著脣吮出痕跡來。

「你……你做什麼！」基因應該是感受到我噴出的熱氣，這才回過神來。

由於他的腳被架在我的肩膀上，所以我也沒有辦法上前去堵住他的嘴。

「納十！住手，那裡髒……啊！」

我不吭聲而且也沒有任何嫌棄，當他身體緊繃的時候，本來就很緊窒的甬道又收縮得更緊了。

「你……媽的，唔——」

基因輕微的嗚咽聲蘊含著承受不住的壓抑與羞怯，聽得令我渴望將他一口吃掉。他抬起兩隻手臂交叉地遮蓋住臉，我隨即收回舌頭——即便在這之前，我是多麼想要探索這屬於我的每一寸肌膚，但如果再繼續深入下去，我可能也會受不了，說不定會無法克制地粗暴對待他。

我一臉惋惜地退開來，伸手去打開床頭櫃的抽屜，從裡面取出一瓶潤滑液。

我把它倒在手中，先塗抹在自己的下身，接著移到對方仍然顫抖不已的肉穴上。我看著潤滑液滴落在那裡，強忍著讓自己保持理智，眼裡猶如被一股強烈的颶風包圍著。

「嗯……」

「基因，放鬆一點。」

環繞在肉穴附近的指尖一鑽進去，就被用力地夾住。

「脹……脹脹的。」

聽到基因顫抖的聲音後，我稍微停下動作，改變一下姿勢，緩慢地轉動按摩。

「沒事的，一下子就好了。」

當他逐漸放鬆緊繃的身體，我才又放進另一根手指，慢條斯理地探索著。一弓起手指按壓觸碰，躺在床上的人像是覺得疼痛一樣，稍稍抽動了下。

「啊！」

滑動的手指感受到柔軟的觸感之後我才將其抽出來，然後再把身體靠上去親吻著基因的嘴脣，這次是溫柔的輕啄，讓他能獲得最大程度的放鬆。我伸出一隻手與他十指相扣，另一隻手撐在臀部下方做預備，等到他願意接納的瞬間挺身進入，我感受到像是要燃燒起來的炙熱，裡面非常緊繃，移動起來很困難。

才剛放進前端，基因就用指尖緊緊抓住我的肩膀，讓我感受到一股疼痛。

「痛……十。」

「忍耐一下喔。」

「痛。」

「嗯，我知道……我知道。」

我看見基因溼潤的睫毛以及從眼尾滾落下來的透明水珠，有些於心不忍，於是先停下動作，伸手輕柔地撫摸著那張小臉。我一邊親吻，一邊用舌頭舔去帶著鹹味的溼潤，直到基因又重又急的呼吸聲開始趨緩下來。

我知道他在忍耐，但是就算再心疼，第一次也沒有其他方式可以讓他不痛。我試著塗上更多的潤滑液，當我往前移動時，知道他正忍受著痛苦，我也同樣感到煎熬。

當我們完全貼合在一起，一想到身下這個人正勉強著自己和我的身體結合，我不禁咬著牙，試圖控制理智，不讓渴望狠狠侵犯他的這種恐怖潛意識冒出來。我看見那雙圓圓的眼眸瞇起掃視過來，眼神裡面隱藏著些許埋怨，因此我沙啞著聲音開口：

「已經全部進去了。」

「……」

「感覺到了嗎？」

基因緊閉著雙唇。

我靜止不動等了一會兒，接著才緩緩地移動臀部，我看到基因的眉頭皺了起來，因為緊繃的感覺還沒有完全消失。過了一段時間，當身體開始習慣之後，他也越來越放鬆。

「啊……啊！」

我克制自己緩慢地抽動，接著才逐漸加快速度。

「基因……基因先生。」

為了支撐住撞擊的力道，我伸出手去扶著基因臀部，我聽見他時不時從喉嚨裡發出悶聲，似乎是想要隱藏住自己的感受。肉體以及潤滑液撞擊的聲音聽起來非常的淫穢，卻讓所有的感覺越發火熱。

「十，那裡……太大了。」

「……」

「輕……啊！」

我一瞬間不小心插得太深，聽到基因驚叫一聲，我退到最外面後又重新朝裡面侵犯。我壓低聲音，開口說道：「是誰教你說這些誘人的話？」

「我……沒有。」

昏暗的燈光下，撐在上方的我可以看見基因紅通通的臉頰以及身軀，那雙圓滾滾的眼睛瞇起，噙著閃耀的淚水。我伸出雙手去抓住他的腰，當我猛力朝他的臀部挺進時，看見他也情不自禁地搖動著身體。我不願意放過基因此刻臉上的任何一個情緒，我要把它深深地刻印在腦海裡。

「基因先生知道嗎……我等這一天已經等多久了？」

「嗯……」

「喊我的名字，讓我知道我現在正在要基因先生。」

「……」

「怎麼樣？是誰在要基因先生？」

「嗯，十。」

「……」

「納十……」

聽到基因熟悉的聲音響起，更加深了我當下的感受。我正在他的體內，我和一直以來思念的人緊密地結合在一起。

我躬身向前抱緊基因，他也回應地抱著我。他的腳趾僵直，我不斷聽到他發出可愛又細微的呻吟聲，直到我最後一次抽動，與他更深入地結合在一起。我的那裡與他的身體完全交融成一體，幾乎要融化了，這讓我再次確認，面前這個人真的已經完全屬於我。

數到二十二

重……

我因為腰上的壓迫感而醒了過來，眉頭微微皺起。當我徐緩地瞇起雙眼，首先映入眼簾的是被窗簾遮住的玻璃窗，穿透進來的強烈陽光呈現線條狀。

我靜靜地盯著窗簾，我的臥室窗簾不是這個顏色，當然周遭的家具也不一樣。我把視線往下移到腰上，就看見一隻強健的手臂纏繞在上面。

後腦杓可以感受到一陣又一陣溫熱的鼻息，肌膚能觸碰到睡在身後的那個人。
昨晚的記憶一一浮現，我不禁把逐漸發燙的臉埋進柔軟的枕頭裡。
昨天晚上……
我緊緊地抿著嘴脣，並沒有受到太大驚嚇，因為事發當下我的意識是很清楚的，只是覺得很尷尬而已。昨天我坦承了喜歡納十，即便是在有點詭異的時間點以及情況下，不過我是真的對他說出口了。我還記得就在納十聽到我說出自己的感受時，當下所展露出來的表情以及眼神。
我在愛情方面沒有什麼經驗，由於感受不到也不確定自己的心意，所以一時之間無法馬上理解，但是當我回想起之前所發生的種種，或許……我早就喜歡上他了。
事實上，雖然我是BL小說的作者，但從來不曾想過自己最後竟然會喜歡上一個男人，也沒有想過交往之後的床笫之事；至於自己到底是攻方或是受方，我也沒有想那麼長遠。昨天晚上我一時對邇頤心軟，要喝下他請我的飲料，卻沒有想到他會這麼大膽地下藥或是加了什麼料進去。
結果變成納十代我喝下它，所以才會替我受罪。
是我又再一次輕忽了……
起初我很生邇頤的氣，差點就要打電話過去狠狠地責罵他，但由於當時更擔心納十的情況，所以才會不知道該如何是好。

因為這極度的愧疚感，所以在我發現納十開始出現症狀時，才會自願幫他排解，最後變成了這種情況，但我沒有任何後悔的感覺。

「喔……幹。」

當我移動身體，忍不住嘟囔地咒罵出聲。我全身肌肉痠痛，尤其是那個地方，疼痛感朝我席捲而來。

我想要去趟浴室，伸手拉開納十的手臂。原本是想要直接揮開他的手，因為這份疼痛感令我憤怒，但是又怕這麼做的話會吵醒他，而且我也還沒有準備好去面對他、跟他談話，最後決定先放輕所有的動作。

但是我還來不及移動身體，那隻手臂又再度纏上來牢牢地抱住我。

「……！」

「你要去哪裡？」

帶著睡意的低沉嗓音在我耳邊輕輕地響起，撩得我起了一身雞皮疙瘩。

「納……」

「再睡一下吧。」

「我……」

我想不出來到底該說什麼，雖然對方什麼事情都沒有做，但是我的臉卻該死的發燙。

「現在還很早。」

「你……不用去上課嗎？」

「基因。」

「嗯？」

「今天是星期天。」

我的表情很錯愕，幸好躺在身後的人沒有看到。

「也不用去拍戲，我一整天都可以跟基因待在一起。」

……可是我現在想要自己一個人待著啊！

昨天才剛發生那種事，誰能厚著臉皮轉過去看著對方、和對方說話啊？

「我……我想要去洗澡。」

「晚一點再洗吧。」在說話的同時，納十把手掌搭在我的小腹上輕柔地撫摸著。「睡覺之前我已經幫你擦過身體了，裡面也都幫你弄出來了。」

「……」

「整個身體都很乾淨。」

「納十！」

這個渾小子！

我伸出一隻手去推開他靠過來說話的帥氣臉龐，雖然他整張臉都皺在一塊，但是那幾句存心戲弄我的話語，讓我的臉像是貼在火爐上面。

耳邊響起納十從喉嚨裡發出來的陣陣笑聲，他拉起我的手，然後烙下輕柔的一吻。

「幹，這個渾小子太令人不爽了。

「晚上再洗澡吧。」

「不管怎樣我都要去浴室一趟。」

一聽見我這樣說，納十就發出含糊的呻吟，撐著身體站起來，用他強健的手臂把我整個人抱起。

「哎？」

我自動地把手臂纏繞在他的脖子上，柔軟的被子滑落，空調的冷風吹在身上不禁令我打了個哆嗦，當下才意識到自己全身光溜溜，沒有穿任何衣物。我還沒去思考，身體反倒先有了動作。我把腿彎起來，盡量不讓納十看見我的小老弟，不過這麼一動，反倒令我忍不住叫出聲來，因為身體上上下下都很痠痛。

「喔！」

「你可以感到難為情，但是不要弄痛自己。」

「還不是因為你！」

納十眼神炯炯地往下打量一番。「不然我等一下幫你擦藥。」

「不需要！」

納十的嘴角帶著笑意，眼神意味深長。

他把我放在潔淨的白色馬桶前面，當我的腳一碰到地板，我就感覺自己的腳在輕微地顫抖，肌肉有一點痠，不過牙一咬，忍耐片刻就習慣了。我手指向大門，命令他立刻出去。

當令人感到壓迫的高大身軀離開之後，我才稍微能夠鬆一口氣。我皺著臉忍受著痠痛，站著解決生理需求，接著才像是烏龜一樣慢慢地走向洗手臺。我試圖不要去在意布滿全身上下的鮮紅色痕跡，先按摩腰上的厚厚一片手掌印一會兒，期盼血液能活絡起來，讓印子盡快消失。

我打開浴室門，探出一顆頭對著外面喊話——

「十，拿衣服過來借我穿。」

「好。」

屋子的主人走過去打開衣櫥，翻出一件白色襯衫以及一條舒適的短褲遞過來給我。

我穿戴整齊之後才走出去，納十一看到我就開口說道：「不再繼續睡了嗎？」

「醒了，不想睡了。」

「那就吃一點飯還有消炎藥吧。」

納十把我帶到外面，囑咐我在一張高級的沙發上坐著，而他則是走過去用家用電話打給某個人，隨後拿著感應卡到樓下去了。

他應該是託人買了早餐吧？因為當他再次回來時，手裡多了幾袋粥以及油條，屋子裡都是食物的香氣。

納十沒有多說什麼，直接把我抱起來走到廚房，將我放在椅子上。我不需要走動，要去哪裡都有人抱，即便一開始有些尷尬，但是來來去去幾回之後就不想再浪費唇舌了，只需要扶著他的肩膀即可。

請便！想要抱就讓你抱，我也樂得輕鬆。

「吃藥。」

「謝謝……那你現在已經沒事了嗎？」將藥物配著開水送進嘴裡後，我就想起另外一件與藥物有關的事情。

「什麼沒事了？」

「就……就是昨天你被下藥的事。」

起先納十並沒有開口，接著輕輕地嘆了一口氣，帶著笑意地搖了搖頭。

「嗯。」

見到他那個樣子，我才稍微放下心中大石。在我們做完之後……就那樣結束了，我也不確定自己是什麼時候睡著的，不曉得那瘋狂的藥效還殘留在他體內嗎？就我所看過的小說還有電影，被下藥的人只做一次應該是不夠的。

不過小說與現實是兩碼子事，在這之前我還懷疑過，像催情藥這種誇張的藥物真的存在這世界上嗎？因為寫小說的關係，我時常搜尋這類資訊，我也曾看過一些資料，說催情藥只是一種讓人意識不清的藥物，會使人沒有力氣抵抗而已，和情慾完全沒有關係。

不過那時看納十的樣子似乎是非常痛苦，而且還是邇頤主動向我坦承的。

「基因。」

「嗄？」我震了一下，因為臉頰被輕輕地捏了一把。「做什麼？」

「我想要問基因……」

「給我等等！」我抬起手打了個岔。「你叫我基因？」

納十稍稍挑起眉毛，露出一副驚訝的神情。「是啊！基因的名字就叫做基因不是嗎？」

「你不要太白目！誰允許你直呼我的名諱的？懂不懂。」

「沒有人允許我，我自己決定這麼稱呼的。」

我放下手中的玻璃水杯，做對方常常對我做的事情，不高興地伸出手去捏他的臉，並且一字一句慢慢說道：「我跟你的年紀不一樣，懂？」

但是納十卻拉開我的手，然後喜眉笑眼地直接與我十指相扣，搞得我差點就要昏厥。

「嗯，不過我們是情侶啊。」

「情侶，又不是朋友。」

「OK，如果不想要讓我叫你基因……」

「……？」

「那老婆或者是親愛的，你比較喜歡哪一個？」

我瞬間把手抽回來。「你乾脆就叫基因吧！」

我把臉轉向別處，但是耳朵卻藏不起來。我聽見坐在對面的那個人發出愉悅的笑聲，接下來又聽到椅子拉動的聲音，在沒有心理準備之下，猝然被納十抱了起來。我雙臂不得不再次環抱住他寬闊的肩膀，沒來得及問他到底要去哪裡，就被帶進臥室裡面。

「這段期間你就先乖乖地在這邊休息吧。」

我靠坐在床頭，至於納十則是一屁股坐在床緣。我盯著他的眼睛，那溫柔的聲音又再次響起——

「我會陪著你的。」

我的嘴角怎麼樣也無法停止抽動。

「唔……」

天空已經亮了。

我睡眼惺忪地走到臥室外，躡手躡腳地關上房門，盡可能把音量降到最低。

客廳裡的陽臺窗戶窗簾是被拉開來的，清晨的陽光從外面灑了進來，所以不需要再特地去打開電燈。我直接走向自己家裡面不存在的咖啡壺，用它煮了一壺熱開水。

等待的過程中，我跑去洗了把臉讓自己完全清醒，再打開上方的櫃子拿出一條吐司。納十房子裡面的食物幾乎是應有盡有，而且還不需要親自去買，因為這是幫傭的工作。當屋主不在的時候，幫傭會過來處理——應該是由專門的清潔公司派遣的人力。

之前我曾經碰到她們，記得當時我打開臥室的門時，差點就要被這些人嚇死。不過她們反倒轉過來朝我行禮打招呼，非常謙遜地稱呼我為基因先生，甚至還詢問我有沒有任何需求，所以我才知道這一切都是納十吩咐的。

他差一點就要變成真正的王子了。

……這就是人家常說的「含著金湯匙出生」，一般人根本無法比啊。

啾！

「幹！」

我拿在手上塗抹果醬的刀子差點要掉下去。

因為當我在塗果醬的時候，有個人忽地把鼻子用力地貼在我的臉頰上，嚇了我一大跳。

「十！你這是在幹什麼啦？要是我不小心拿刀捅你，那該怎麼辦？」

納十一臉不在乎的模樣，輕聲細語地在我耳邊呢喃：「為什麼我的基因先生今天那麼早就起床了呢？」

我翻了個白眼。「昨天晚上我九點就睡著了，然後你什麼時候回來的？」

「差不多晚上十一點的時候。」

「我完全沒有聽到聲音，啊你！過去一點，很擠。」

結果納十依舊故我，他把兩隻手臂撐在流理臺邊，下巴靠著我的肩膀，像是還帶著一點點睡意地慵懶開口說道：

「今天一樣整天都要待在房間裡寫小說嗎？」
「這是我每天的例行工作。」
「那今天要等我一下喔，我回來後帶你去吃飯。」
我靜靜地思索了下，隨即點了點頭。「也行。」
自發生關係的那天算起，距今已經過了一個多星期了。我在納十的房間住了一個晚上之後，就沒有再回去自己的房子睡覺了。有點記不得納十到底是如何利誘勸說的，我竟然就這麼糊里糊塗地配合了。
雖然我曾經習慣一個人住，但是自從納十混進來跟我住在一起之後，我也習慣了身邊有那小子存在。現在和納十住在一起就……覺得很溫暖。他從來不會在我工作的時候打擾我，這間屋子裡面的家具還有生活用品也比較方便。
「今天你幾點要去拍攝現場？」
「下午三點。」
「喔！嗯。」
我點點頭，把吐司的包裝袋綁好，但是當我打開上層櫃子想要把它放回去的時候，納十就伸手搶過去幫我放好；他另一隻手繞過我的肩膀，抵住我的下巴，將我推過去面向他。

他的嘴唇飛快地覆蓋上來，溫熱的舌頭也鑽進來，就在我喘息的瞬間，嘗到了牙膏清新的薄荷香氣。我別過頭逃避，納十竟然重重地在我的嘴邊親上一口。

我馬上舉起手推開他的臉，說道：「十，早上醒來的時候不要再這麼做了。」

一大早，心臟的負擔也太大了，這個臭小子。

「Morning kiss 啊，在小說裡面沒有讀過嗎？」

「……」

他嘻皮笑臉說話的樣子，根本是存心要使人害臊，我板起一張臉，拉開他放在我腰上的那隻不規矩的手。我指著桌子方向。「等一下我幫你煮些咖啡，如果想喝的話就去那邊坐好，快去。」

我的早餐只要一杯熱咖啡以及塗滿果醬的吐司就夠了，但是納十還得去學校上課，所以我翻出生菜、火腿以及沙拉醬來做準備。很遺憾的是我不會煮飯，所以納十只能先吃我做的簡單三明治。

一個鐘頭後，納十終於出門了。我躺在床上盯著筆記型電腦，不想去送行，因為我知道他一定又會捉弄我，像昨天一樣要求我親他的臉頰，給予一些鼓勵。

一大早醒來，腦袋還是空空的，我逐句檢查昨天寫的初稿內容，有最後一幕以及性愛場景……這個場景是我先前刪除的部分，後來編輯要求我重新添加進去。那天我先用紅筆做了個記號，因為還沒有準備好要下筆，不過最後我還是死命地趕出來了，雖然花了好幾個鐘頭，但是卻不像之前一樣出現腸枯思竭的情形。

我在筆電前面又坐又臥，好幾個鐘頭過去了，我低下頭瞄了右下角的時間一眼，發現已經接近下午三點。下午三點納十要去拍戲……一想到這裡，我就從床上彈了起來。

已經好久沒有去戲棚了，稍微繞過去看一下也好。

我跑進浴室裡面整理儀容，並沒有太過急躁。因為還記得納十說過今天會帶我去外面吃飯，所以我選擇了叫計程車出門。

抵達拍攝現場時，時間剛好是下午三點四十分。

今天的地點是在大學裡面一個小型池塘周遭的公園，炙熱的陽光倒映在水面上，非常地刺眼。如果是這個場景，表示他們的劇本已經拍到兩位男主角直接向彼此表明心意。

導演邁先生說過電視劇會在十二月初上映，僅剩下兩個星期而已……

「喔，基因先生。」

「你好。」我雙手合十地向走過來的工作人員打招呼。

她把我帶到臨時搭建的大型遮陽棚底下，旁邊有一臺巨大的電風扇，不過這個地點離邁先生他們一夥人工作的戲棚還有一大段距離。

我看見納十以及飾演肯特友人的其他演員陸續進場，已經很久沒有看到那小子裝扮成壞男孩的造型了；雖然那個造型很帥氣，但是看來看去還是比不上我每天所看到的那個納十，他真實的模樣可帥多了。

嗯……我竟然這樣想。

我站著看了好長一段時間，逐漸覺得熱到快受不了，雖然頭上有遮陽棚，但是這股熱氣可不是開玩笑的，電風扇吹過來的熱風實在是令人感到煎熬。最後我決定轉過身，語帶歉意地向那位在附近忙碌的工作人員詢問，是否有其他可以坐下來的地方？

她先是放聲大笑，隨後就領著我走進大樓附近的一個房間，這個房間被安排作為演員的更衣室。

「感謝妳，唔……今天納十的經紀人有來嗎？」

「達姆哥嗎？今天還沒有看到他呢。」

「哦，非常感謝妳。」

可以待在涼爽的冷氣房裡，我覺得舒服多了，汗溼的背也漸漸乾了。由於我不太常出門，因此才會無法忍受太過炎熱的氣候。
不一會兒，我就聽到開門的聲音。
「操，他媽的熱得要死……基因哥？」
「邇頤？」
這個四方型的房間有兩扇大門，地上鋪著地毯，我站在前門，中間有幾張工作人員移過來擺放的桌椅，讓這間房間看起來像是被分成兩個區塊。
被邇頤開啟的是後門，我靜靜地盯著裝扮得很可愛的嬌小身軀走過來，但是當邇頤走到擋在中間的一堆桌子前時，他竟然以非常帥氣的姿勢跳了過來，看得我瞠目結舌。
「今天基因哥……」
邇頤稍微遲疑了一下，左顧右盼地掃視著周圍，發現沒有其他人後就對我露出甜美的笑靨。「怎麼也來了？我以為再也見不到基因哥了，納十那傢伙讓你來的嗎？」
我沉默了一會兒，但是一想到他先前做過的事情，不由得眉頭緊蹙。
「為什麼要露出這副表情呢？」
「……」

「也不回我的 LINE，在生我的氣嗎？」

我依然不願意回答，也不願意跟他交談，真的是如他所說的那樣，氣到不想跟他說話，但心裡還是想要為先前的事情責罵他幾句。

邇頤已經是個大人了，應該知道什麼事情可以做，什麼事情不能做，那些藥物非常危險啊！如果用在別人身上，要是被控告逮捕，可就成了一件大事呀。

想當然耳，自從邇頤坦承那杯飲料加了藥，我就不再回覆他了，甚至連他的訊息都不願意讀，他做的事實在是太讓人氣憤了；另一方面，我已經不想再和他扯上關係，或是和他再發生其他問題，就像納十一開始說的那樣。

「我會說謊，是因為基因哥不願意回覆我嘛，而且那個時候我正在氣頭上啊。」

「說謊？」

「唔，就是下藥的事情啊……」邇頤清亮甜美的聲音還沒有說完，突然像是被按下暫停鍵一樣。

我訝異地挑起眉毛，發現他那張可愛的臉上眉頭緊蹙，圓圓的大眼睛盯著我看了一會兒。

「幹！」

他咒罵出聲，嚇了我一大跳。

「怎……怎麼了？」

即使先前已經見識過一次了，但我真的還不是很習慣邇頤這個樣子。

「那可是納十啊。」邇頤喃喃自語，低頭望著地板，咬牙切齒地不斷輕聲咒罵：「搞得別人很不爽，結果自己坐享其成，我今年是犯沖還是怎樣？」

我一頭霧水地站在原地看著這個小不點。

今天的邇頤沒有喝醉，不像先前那副鬱悶傷心借酒澆愁的模樣；雖然我不是很清楚邇頤到底是為了哪件事情在生氣，但很確定的是，他這個時候的情緒是真實的。

「基因哥，我並沒有下藥啊。」

「咦？」我神遊了一會兒，當我再次被喚回注意力的時候，發現邇頤原本不悅的神情變得認真起來，眼神緊盯著我。

「我會留那些話，只是想讓基因哥帶著納十那傢伙去泡一整晚的冷水。」

沒有下藥？

「我沒有說謊啊。」看我眉頭緊蹙、皺著一張臉，邇頤斬釘截鐵地再次強調一遍：「ＯＫ，我知道我錯了，那個時候我有一點點生氣，只是想要向納十報復而已。」

「你說的是真的嗎？」

「我可以發誓，我說過基因哥是一位善良又可愛的人，如果用這種方式灌醉這麼好心的人，我一輩子都會良心不安的。」

我的意識該死的像是飄到外太空去了。

即便我沒有百分之百地相信邇頤，但如果事情真如邇頤所說的那樣，那麼欺騙我的人，不就從眼前這個人變成納十那個臭小子了嗎？

「我向你道歉。」邇頤帶著懇求的語氣說道，悔愧地露出消沉的神情。

我盯著他看了好一陣子，試圖分辨出他說的是真話或者胡謅，最後我決定開口這麼說：「不論是真的還是假的，但這樣子耍別人就是不對的行為啊，假如哥當下認真起來跑去報警，現在情況不就會變得很混亂？」

聽我這麼一說，邇頤沉默了下來，小小的臉垂得更低了。他一句話也沒有反駁，我不曉得該怎麼描述此刻的感受，雖然還沒有完全氣消，想起來還是很不高興，但我努力地往好的方面看。

沒有人開口，氣氛陷入一片死寂，在我正準備說話之前，邇頤反而先低語呢喃道：「基因哥討厭我嗎？」

我一頭霧水。

「其他人討厭我……但唯獨基因哥，我不想要被基因哥討厭。」

「等等，哥完全不討厭邇頤啊。」

「……」

「如果哥討厭你，就不會站在這邊跟你說話了。」

接著我就看到邇頤抬起頭來，笑逐顏開。就在那一秒鐘，我似乎是看到了那雙圓眸動搖的瞬間。

「謝謝你。」

我能感受到邇頤真實的情緒，也逐漸理解邇頤的內心或許有些過不去的坎。他喝醉的時候有提到父母，但由於我們並沒有那麼要好，再加上他是在意識不清的情況下透露出私事，那我就不應該主動去提起別人的隱私。

我在心裡這麼想，以後如果他真心待人不說謊，或是不再對我做出之前的行為，那我也會真心地對待他。邇頤說有很多人討厭他，若是他不討厭我，那我又怎麼會去討厭他呢？

「為什麼我就不能在納十之前先認識基因哥呢……」

「哎？」

「已經和納十在交往了嗎？」邇頤看起來好像很努力地在調整情緒，所以換個話題聊：「在交往了對嗎？」

「嗯。」

過了好一陣子，我才回應對方。

「也就是說，基因哥喜歡納十對嗎？」

再次聽到這個問題，我又沉默了下來——這和在Paragon百貨的洗手間前面所發生的情況以及問題一模一樣。

我不禁回想起來，就算納十說過邇頤並沒有喜歡他，而且邇頤此刻的模樣也不像是喜歡納十，但實際的情況又有誰會比本人更清楚？我無法抑制自己的感覺，所以決定把這個想法告訴對方。

因此我點了點頭，然後神情堅定地回答邇頤，眼神毫不閃躲地凝視著他。

「是，哥喜歡十。」

邇頤靜靜地盯著我的臉，看了好長一段時間，然後冷不防爆出爽朗的笑聲。

「哈哈哈，等一下……基因哥。」

「……？」

「基因哥該不會真的以為我喜歡納十吧？」

邇頤捧腹大笑，同時抬起手擦掉眼淚，這不禁讓我感到困惑。先前邇頤還一副落寞的模樣，怎麼現在能若無其事地大笑？

「哈哈哈，基因哥為什麼這麼可愛啦。」

「……」

「喔，受不了了，好可愛。」

見他笑得東倒西歪，我的臉板了起來。「別再笑了，哥不曉得邇頤是怎麼想的，但是你打從一開始就說過喜歡納十，這樣子反反覆覆，哥不會明白的。」

無論是納十或是邇頤，他們所表現出來的行為都和事實完全相反，搞得我不曉得哪些到底是真的，哪些又是假的。假如現在的小孩個個都是這副德行，那我打死也不願意再走出門。

「其實……在遴選之前，我曾經在納十的手機上看過基因哥的照片。」邇頤對著我微笑，並沒有因為我的話而生氣，笑聲漸漸地平息下去，不過嘴角依舊翹得很高。

我的照片？

「像十這種對旁人毫不感興趣的人，手機裡面竟然有別人的照片，所以我猜測，納十絕對喜歡照片中的人。在遴選之後碰到你，我又更確信了這一點。」邇頤說話的時候，不再出現戲弄或者是欺瞞的神情。「我說過我是跟著十來遴選的，這件事是真的，但不是因為我喜歡納十；我會來遴選，純粹只是因為急著要用錢而已。」

「那你為什麼要說喜歡納十？那天在車上……」

「我只是對納十有一點不滿。該怎麼說才好？」邇頤似乎是不知道該怎麼表達才好，因此沉默了半晌。「我嫉妒基因哥有一個像納十這樣的人深愛著，但不表示我吃醋啊，我和納十沒有要好到那種程度，但也算得上是朋友。其實啊，要是基因哥的個性不好，我早就討厭你了，結果基因哥卻這麼可愛，就算被我那樣子捉弄也完全不討厭我。」

「……」

「基因哥只要表現出笨笨的、不知所措的樣子，我就會很想要捉弄，所以才會有點得意忘形……」

我說不出任何話。

「知道我不是真的喜歡納十，應該不會再生我的氣了吧？」邇頤向我靠了過來，稍微歪著小臉，朝我睜著大眼，露出一副可愛的模樣。

過了一會兒，他又嘟起嘴巴，接著輕輕地嘆一口氣，然後語帶笑意地說道：「唉，如果不願意當我男朋友就算了，我也不想要跟納十有什麼衝突，那我就當夫婿的朋友也可以。」

夫婿的朋友是什麼鬼啊……

我的眼神移到他可愛的臉上，當下能感覺到他所說的話以及感受是真誠的，這才緩慢地點了點頭。「不過……」

「嗯？」

「不准再像這樣子戲弄我。」

邇頤眨了眨圓圓的大眼，再次放聲大笑。

我並沒有和邇頤聊太久。

當我們化解了彼此的心結之後，邇頤跟我說，在他進來房間之前，導演早就收工。見他準備要去換衣服、卸妝，我就先行離去，打算要去埋伏納十。

在這之前我已經發送訊息給對方了，不過納十或許還沒有查看訊息。

我一手拿出手機準備撥打電話，另外一隻手則是伸向門把，但是當我從螢幕上抬起頭，發現有個身材高大的人正擋在我面前，我呆了一下。

「納……納十？」

名字的主人一看到我就滿面春風。

房門其實沒有完全閉合，當對方精明的目光朝我後方掃視，應該可以看見剛才在房間裡和我談話的人是誰。

意識到這件事，我不由得手足無措。

「你從什麼時候來的？唔，衣服換好了呀……」

「……」

「我有發訊息告訴你了，看到了沒有？那邊很熱，所以才會麻煩工作人員讓我先待在這裡。」

和我想像中的反應不一樣，納十並沒有生氣。在我拚命地朝他解釋時，他伸手抓住我揮來揮去的手，像是在安慰我一樣溫柔地說道：「我知道了，沒有關係的。」

「邇頤已經沒有事了，我跟他講清楚了。」

「嗯，那就好。」

見納十的樣子和平常沒兩樣，我這才稍微鬆了一口氣，準備要約他去吃東西，因為肚子開始咕嚕咕嚕地叫了；但是我還來不及開口，大腦馬上發出警訊。

「對了，邇頤說，他沒有在那杯莫吉托裡面加任何東西。」話一說完，我立刻板起臉來。「所以說到底有沒有下藥？」

「莫吉托？」納十的濃眉揚起。「什麼莫吉托？」

「不要假裝忘記了，才過了一個星期，就是那杯你幫我喝掉的飲料啊。」

「喔！」

「結論是？」

納十陷入沉默，見他這副模樣我立刻就猜到了，手自動地抬起來指向他。

「臭小子，你騙我！」

「基因先生。」

「那個時候虧我還那麼擔心你，可是……」

「我說過很多次了，我沒有被下藥，你忘記了嗎？」

「……」

「不可能的，邇頤是要從哪裡取得催情藥？」

「嗯，如果看起來很可疑，我根本就不會喝掉它。」

「我說過了，沒有的事，基因先生被邇頤耍了……」

我……我的腦袋現在快要爆炸了，該死的怎麼又犯傻了！

數到二十三

星期天晚上，我躺在客廳中央的大沙發上看電視劇，面前的小桌子上有臺筆記型電腦就這麼開著。想當然耳，在這之前我還坐在這邊趕工，完成一幕場景之後，我就這樣子躺下來舒緩筋骨，稍作休息。

我的初稿快要到尾聲了，僅剩下一個章節又多一點點，以及大致上有個構想的特別篇。如果事情都處理完了，我就會有大約一個多月的假期，在那段期間我會抽身去寫些科幻或者是驚悚小說。很可惜的是，我一次只能寫一部作品，如果我能輕易地轉換情緒，收入可能不只是這樣。

吱呀！

房門開啟的聲音傳進我耳裡，我順勢轉頭過去看。

納十僅在腰上圍了一條浴巾，從房間裡走出來，高䠷勻稱的好身材上有大大小小的水珠反射出光線，深黑色的頭髮還是溼的。他如往常一樣轉過頭來對我露出淺淺的笑容，同時拿著手機講電話，從內容聽起來，另一頭應該是達姆，也就是他的經紀人。

見到他笑吟吟投射過來的眼神，我立刻把臉轉回原來方向，沒多久就感受到沙發因為多出來的重量而下陷。

「十？」

我移動著撐起身體，想要挪出一些空間，因為那個小子不去坐其他地方，硬是要跟我擠在同張沙發上。

納十搖了搖頭表示沒關係，嘴巴仍舊持續在跟達姆說話，另外一隻手卻伸過來抓住我的手。他沒有抓得很用力，比較像是輕輕地觸碰，他的大拇指沿著我的手掌輕柔地揉捏，搞得我分不清楚是舒服還是躁熱。

「嗯，夏季的主題嗎？海邊？」

我把臉靠向納十，仔細地觀察，見他稍微挑高眉毛，同時嘴角的笑意又更深了。

像是要戲弄我一樣，納十先是把臉靠上來，接著把臉頰轉向我這邊。我瞪了他一眼，抬起手推開那張帥臉，然後他就發出了陣陣笑聲。

「嗯？是，有在聽，不是在笑哥……知道了。」

我指向納十的頭髮，接著又指向沙發上面一攤又一攤的水漬。「都溼透了。」

納十僅以笑臉回應我，我不得已起身去拿了一條小毛巾，不過並沒有坐回沙發上，而是走到納十身後，然後把毛巾覆蓋在他頭上。

見納十只顧著講電話，我才會好心地幫他擦頭髮。男士洗髮乳清新的香氣飄了過來，聞到和自己頭上相同的味道感覺有些奇怪，等等，哪有什麼奇怪的，還不是因為我用了納十的洗髮乳……

等到我把納十頭髮都擦乾，他也正好掛上電話。

「今天怎麼那麼好心？」

「我每天都很好心。」我隨口回覆，把毛巾掛在他的肩膀上，繞過沙發坐回原來的位置。

「是嗎？那以後天天都幫我擦頭可以嗎？」

「不到一個月你可能就會殘廢了啊。」

納十不回答，一如往常地只顧著笑。

「剛剛是達姆吧？」

「嗯，在討論明年夏天雜誌拍攝的事情。」

「喔！」

我點點頭表示理解，不再過問，轉身拿起手機準備繼續看電視劇，但由於納十依舊不動如山地杵在原地，我就睨了他一眼。

話說，一早醒來之後，一整天我都過著平常的生活模式，也就是趕工、找食物吃、找電影還有電視劇來看。我是一個喜歡宅在家裡的人，如果有足夠的食物以及必需品，我可以一整個星期都不出門，除非是需要找靈感的時候才會出門去溜躂，畢竟一個人待著真的很舒適呀。

我已經習慣了，至於納十呢……不曉得他之前的生活方式是怎樣的，今天是假日，可是他卻一整天都跟我待在房間裡。

「你不會無聊嗎？」原本要叫他先去穿衣服，卻變成了疑問句。

「無聊？」

「因為一整天都待在房間裡啊，如果會無聊可以出去找朋友玩啊。」

納十聽完後，似乎先是感到訝異，然後就語氣平緩地回覆：「不會，我比較想要跟基因先生在一起。」

「我整天都在房間裡……所以才問你不會無聊嗎？」

「有基因先生在，我不會無聊。」

「去哪裡都可以，做什麼都可以，只要在一起我就不會無聊。」

「……」

我凝視著那雙深黑色的眼眸，當納十說了這番我無法承受的話時，我其實很想要露出燦爛的笑顏，可是因為害臊，索性別過臉看向其他地方。

「嗯，我也不會無聊……意思是有你在，我也不無聊。」

我補充解釋內心裡的想法，但就在我這樣子回答後，一抬起頭就看見納十的臉靠了過來。我還沒來得及思考，嘴巴就先感受到覆蓋上來的溫度。

我沒有推開逃避，沒有反抗，放任自己融化在納十近在咫尺的溫暖身軀上。

對方厚實的手滑向我的下頷、耳後，接著穿進我頭髮中。他把身體迎上來與我貼合，我的下脣因為這股吸吮的力道一陣酥麻，接下來又感受到刺痛，像是被若有似無的力道啃咬著。

「唔！」我的臉皺成了一團。「十，別咬……」

「因為很可口。」

他說話的同時笑了起來，隨後在我的臉頰上用力親了一口。

他把臉移到我的耳垂邊，輕柔地含吮住，我汗毛都豎起來了。他伸出一隻手緩慢地滑進我的衣服裡，隨著它越爬越高，我能感受到赤裸裸的肌膚被磨蹭著；當我回過神之後，發現自己從原本的坐姿，變成了整個人平躺在沙發上。

「唔。」

納十的舌尖從我脖子逐步游移到鎖骨，當那個地方的皮膚被溫柔地抿著，我情不自禁地把指甲刺進他的背上。

「十……十。」

「嗯？」

「要……要做是嗎？」我問這個問題的時候，整張臉熱到都要冒出熱氣了。

「可以嗎？」

「如果……」

叩！叩！

「……！」我彈了起來，推開壓在身上的納十。

因為正要進行某件事情，驟然被其他事情介入，嚇得我心臟差點就要停止跳動。

「誰……誰來了？」

納十皺緊眉頭。「不知道。」

「我自己去看，你……去穿衣服吧。」

我聽見納十發出陣陣的嘆息聲，在他修長的身軀從我身上退開之前，他伸出手替我把拉高至胸口的衣服整理好。

「等晚上再繼續吧。」

我愣了愣，還沒來得及回答，發話的人就先走回臥室。

我不知道該怎麼反應才好，最後重新集中神智，整頓好自己之後，才走向大門。我輕聲回應等在外頭的人，同時瞇起眼睛從貓眼往外看。

「來了……」

幹！

我立刻遮住嘴，才剛集中回來的神智瞬間潰散，飄到宇宙去了。

發現等在外面的人是誰，我的眼睛差點就要掉出來了，立即從門口轉身，拔腿就跑。這一刻就算會看見納十的裸體也不在乎了，我一臉驚恐地衝進納十的臥室。

「十！」

已經穿好褲子的納十很訝異地看著我，把手臂移過來環抱住我的腰。

「甌恩阿姨來了！」

「嗯？」

「甌恩阿姨啊！你媽啊，你媽來了。」

納十那雙精明的眼眸清楚地表現出訝異，不過和我焦急的模樣相比之下，他看起來冷靜多了。在我重複說了好幾次之後，對方的表情逐漸地緩和下來。

「喔。」

「喔？喔什麼喔？你媽來了耶！」

「嗯，先讓媽坐在客廳等吧，我想要穿上衣服，一下子就好。」

我的神情很複雜。「我還沒有打開門。」

納十聽到的當下目瞪口呆，接著似乎是克制不住地笑了出來。「那為什麼要讓我媽站著等呢？」

「因為要你去開門啊！」

「我衣服都還沒有穿好呢。」

「那就快點穿！」

「基因先生先出去幫她開門吧，我隨後就來。」

「瘋了嗎？怎麼可以讓我去開門？」

「為什麼不能讓你去開門？」

我的表情非常複雜，納十應該知道我的理由是什麼，但是他卻故意裝傻。

「因為這是你的房子啊，我去開門，甌恩阿姨會很疑惑，為什麼我會在這裡。你快點出去啦，我要待在這邊。」

「如果我媽進臥室來呢？」

「那……那我就躲進衣櫥裡。」

納十啞然失笑，輕輕地搖了搖頭。「基因先生，為什麼要躲起來？」

「因為甌恩阿姨還不知情……」

叩！叩！叩！

由於臥室門是開著的，當屋子大門被敲得更用力時，傳遞過來的聲音就更清晰了。

就算我和納十已經在交往了，但是要在父母面前坦承這一切不是件容易的事，假如我和納十其中一個人是女人就沒有什麼問題了。即便我們兩個家庭在我小的時候就認識了，又或者甌恩阿姨很喜歡我，可是這不表示她能夠接受我是她兒子的愛人這件事啊。

一哥曾經說過沒有關係……不過我還是很擔心，而且也還沒有心理準備。

我越來越焦急了，因為擔憂所以跟納十爭辯一番，放任甌恩阿姨站在門外等著。我再次轉回來看向面前這個人，但在我開口之前，納十就先發話——

「沒有關係的，基因先生的房子就在旁邊，如果媽知道這件事情，應該不會想到我們住在一起。」他和顏悅色地安慰著不知所措的我。「不要太過擔心了喔。」

「……」

「可以去幫我開一下門嗎？」

「……好吧。」最後我還是妥協了，鬆開抓在他手臂上的手。「你也要快一點穿好衣服啊。」

「好。」

我走出臥室，筆直地前往大門，將手伸向門把的時候停頓了一下，像是個極度猶豫不決的人，但納十安慰的話語又再次鑽進腦海裡，因此我下定了決心，緩緩地打開那一扇門。

「小十，還要讓媽媽等多久？怎麼現在才開門……」

我乾笑了幾聲：「唔，甌恩阿姨。」

「小基因！」

我見到甌恩阿姨睜大雙眼，抬起一隻手壓在胸口上，真不曉得該做出什麼樣的反應才好。無論是說話的聲音或是抬起來行禮的手都非常乏力，但是藏在左胸口下方的心臟反倒憂慮地強烈跳動。

「您好。」我把門又推開了一點，為了邀請她進門。

「孩子，為什麼你會在這裡？」

「因為……唔，其實我的房子就在隔壁。」

「喔！真的嗎？小基因的公寓就在隔壁呀？」甌恩阿姨看起來相當訝異，不過臉上倒是帶著雀躍的笑容。「十的房子剛好就在隔壁，因為這樣才會那麼巧地遇見十對嗎？」

「嗯，就……差不多是那樣。甌恩阿姨先進來坐吧，十正在換衣服。」

她點了點頭，臉上的笑意看起來又更深了。我一關上門，她就伸出手來環抱住我的手臂，光是這個動作我就能會意過來，立即領著她到客廳中央的沙發上坐下來，接著抽身跑進廚房裡又跑出來。

甌恩阿姨環顧屋子環境，觀察著自己兒子的住處。

我端了杯冰水放在桌上，正當我要坐下來，甌恩阿姨拍了拍她旁邊的坐墊。「孩子，過來這裡坐。真是命中註定啊，一開始阿姨還在想，什麼時候才有空約你出來和小十還有一碰個面，剛才發現是你來應門的時候，我嚇了好大一跳呀。」

我尷尬地笑了幾聲。

「我聽一說小十搬家，就順道過來看一下，你們是要一起出門嗎？」

「不是的，星期天沒什麼事，我只是過來陪他而已。」

「這樣很好，孩子，已經有好幾年沒有見面了，看你們依舊相處得這麼融洽，阿姨很欣慰。」

甌恩阿姨又問了我好幾句話，當我在心中想著，納十到底是在換衣服還是在縫新衣服時，臥室的門正巧就被打開。那個瘋小子總算是把衣服穿好了，先前幫他擦的頭髮，此時已經完全乾了。

納十雙手合十地向自己母親行禮。

「媽媽剛剛打給你怎麼沒有接，嗯？還以為你不在房間裡，要不是押了身分證請樓下的幫忙開一樓大門，媽媽才有辦法上來，不然就得白跑一趟，直接打道回府了呀。」

「我剛剛在洗澡。」

納十一邊回覆，一邊走到我左手邊的空位，不過在他要坐下來之前，我馬上朝他使個眼色，禁止他這麼做。納十這才乖乖地換了個位置，坐到沙發對面。

為了讓他們母子倆可以好好聊天，我找了個藉口跑到廚房裡，說要去準備一些點心給大家吃吃。

「兒子你搬到這裡住了啊？」
「嗯，這邊比較方便。」
「之前的房子不是離大學比較近嗎？」
「是比較近，但是在這邊有人一起住。」
正打開水槽上方櫃子的我差點就嗆到了，額頭敲到櫃子邊。雖然廚房跟客廳被劃分成兩個獨立區塊，但是中間沒有大門阻絕客廳中的交談聲，所以每一個字、每一句話都被我聽得清清楚楚。
我緊緊地抿著嘴，很想要走出去給納十來個過肩摔，讓那個臭小子閉上嘴巴。
「還是那麼黏著小基因，跟小時候一樣完全沒有變。」甌恩阿姨繼續說道：「對了，今天晚上回家住吧，住個兩、三天，如果要上課，不想開車的話，就讓庹叔接送也行。小基因呢？小基因，孩子。」
「嗯？」
甌恩阿姨的叫喚使我不得不故作鎮定地走出來，我手裡端著陶瓷餐盤，不太想轉過去看向坐在對面沙發上的納十。甌恩阿姨一如既往地拉住我的手，示意我坐近一點。
「孩子，今晚在阿姨家過夜好嗎？小十也一起，你們就跟阿姨一起走吧。」

「啊……」聽到這番話，我只好轉過去看向納十。「但是十有課，而且還得去拍戲呢。」

「明天不用拍戲，只有課要上。」

「那我明天陪你早起，你在上課的期間，我就在房間裡等著吧。」

「起得來嗎？」

「也是，如果起不來，你就把我叫醒吧。」

聽我這麼一說，納十露出笑容。「今天好多事情都對我很好呢。」

「如果你當個好孩子，我就會一直對你很好。」

納十輕輕地笑了出來，見他那個樣子，我就想要繼續說下去；不過聽見納十的笑聲後，甌恩阿姨就先開口說話了——

「見到你們感情這麼好，不禁讓阿姨想起以前的日子。」

我低下頭，隱藏起錯愕的表情，因為有一瞬間我只顧著和坐在對面的人聊天，一個不小心就忘記甌恩阿姨的存在。很幸運的是，我沒有說出什麼令人生疑的話來。

「那最後決定怎麼樣？孩子們，今天晚上要回去住家裡嗎？我才能直接打電話交代家裡的孩子先準備晚餐。」

「那……就這樣吧。」

我轉向納十打算詢問他的意見，見納十輕輕地點頭，表示由我來決定，我也就不好意思再拒絕甌恩阿姨。

看阿姨笑逐顏開，我也跟著開心起來。

「這樣好，小十就住個兩、三天吧，小基因住個一晚也行，然後再回來。」

「OK，沒問題。」

「那今天就跟阿姨一起回去喔。」

這個方案訂下之後，我和納十都沒有異議，甌恩阿姨就吩咐我們去收拾重要的個人物品，至於她老人家就坐在原處，我們什麼時候準備好就告知她一聲。我見狀，便先去把沙發桌上的筆記型電腦收進包包裡，打算一起帶過去。

衣服那些東西在老家也有，不過像是乳液、隱形眼鏡等日常用品，就得自己帶過去。

我從衣櫥上方的小櫃子中翻找出一只行李箱——它當然是納十的——在我隨意地把物品塞進裡面的時候，空閒下來的大腦開始胡思亂想。

雖說回家是一件很稀鬆平常的事情，可是我猶如芒刺在背，內心不免有些忐忑。

我現在和納十是情侶關係，都已經走到這個地步了，我承認自己喜歡納十，而且也不想要和他分手；但是一想到長輩與親戚朋友們的眼光，害怕的感覺不禁油然而生，怕他們知道了以後會不高興。

雖說戀愛是兩個人的事情，但是我和納十都不是孑然一身，我們有家人，倘若父母反對或是無法理解，我到底該怎麼辦才好？怎麼解釋才能讓他們理解，要是他們不願意去理解呢？

「基因先生。」

「操！」

我被嚇到立刻舉起手，但是還來不及抵抗就先被一隻厚實的手攫住手腕。發現是納十，我那顆忐忑不安的心就平靜了下來。

「在想什麼呢？喊你也沒有反應。」

「想你啊。靠那麼近做什麼啊？要是不小心被我打到頭破血流該怎麼辦？」

「像倉鼠一樣的小手哪會有什麼力氣？」

「你的手才是老鼠手咧。」

納十咯咯笑了起來。「那你為什露出這副表情呢？是在擔心什麼事嗎？」

「你應該知道的吧？」

「不用擔心。」

「怎麼可能不擔心啦。」

我的表情有些不悅，納十見狀，不再抓著我手腕，改而牽住我的手。

「可以的，我們是情侶，我喜歡基因先生……」

「……」

「基因先生喜歡我嗎？」

「什麼啊？是要誘騙我說出口嗎？」

「愛我嗎？」

為什麼自動升級成愛了……

「就……就是那樣。」

面前這個人的嘴脣轉化成一抹微笑。

「只要這樣就夠了，我爸跟我媽不是那種不明事理的人，假如基因先生和我的感覺一樣，光是這個理由就足夠了，不會有什麼問題的。」

「……」

「所以你不用再擔心了喔。」

「嗯。」

一臺高級歐洲進口車開進社區裡，在抵達那棟大房子之前，我拜託甌恩阿姨先讓我回家知會媽媽，請對方先把車子停在我家大門前。甌恩阿姨示意納十和我一同前往，看那傢伙一副非常樂意的模樣，我趕緊先拒絕，把自己的物品託付給他，隨後就一個人進到屋子裡。

卡拇伯伯一看到我，老人家當下就傻住了，說爸爸、媽媽都不在家，星期五傍晚就跑到外府去了，直到明天晚上才會回來，待在家裡的人應該只剩下杰普哥一個。不過相信我，爸媽不在的假日晚上，他肯定會去女朋友家過夜，不會回家的。

我沉默半晌，決定還是先去拿兩套換穿的衣服再說。

由於我沒有事先告知就回來了，所以不曉得家裡沒人在。為此，當我提著東西走出來的時候，順手拿出手機，在LINE的家庭群組裡面發訊息通知他們，甌恩阿姨邀請我過去住的事情。

「基因先生。」

熟悉的聲音讓我愣了下，從螢幕中抬起頭來。「啊，過來做什麼？」

「來接你啊，媽媽讓我過來邀請嵐姨還有堤普叔一起去吃個飯。」

「哦，可能要等到下次了，我爸媽都跑到其他府了，至於杰普哥應該是不會回家的。」

納十眉頭微微揚起。「什麼時候會回來？」

「要到星期一傍晚了。」

「那在嵐姨還有堤普叔回來之前，基因先生就住在我家吧。」

「嗯，也行。」

聽到我的回應後，納十心滿意足地笑了，他從我手上拿走裝著衣物的袋子，我們兩個相偕走回他家。在我向甌恩阿姨解釋一番以後，她發出小小的驚呼聲。

「啊，對耶，前幾天小嵐有說過了，是阿姨忘了，人一旦老了就開始忘東忘西。」她搖了搖頭，不是很嚴肅地數落著自己。「不過這樣也好，小基因就先住阿姨家吧，等小嵐和堤普哥回來，阿姨會另外再約個時間一起吃飯。」

「好的。」

「阿姨已經派人把行李拿到樓上了喔，先讓小十帶你上樓去休息一下，等你瓦特叔叔還有一哥回到家，飯菜差不多也準備好了。」

我沒有拒絕，見甌恩阿姨似乎是想要進廚房看看，就不多加打擾。

塔納幾派森家族的這棟大房子只有兩層樓，不過占地卻相當廣闊，就算帶著一整班的幼稚園小朋友來玩捉迷藏也綽綽有餘了。

納十把我帶往二樓左側走道，我們來到一扇門前，轉開門把走進去，映入眼簾的臥室有著一張令人非常想要衝過去跳上去的床。

我也不確定小時候有沒有看過這間房間，粉紅色的色調看起來非常舒適，納十提過來的行李被放在沙發旁邊的小桌子上。

「還可以嗎？想要換房間嗎？」

「不需要，我是那種意見很多的人嗎？那你要睡在哪裡？原先的房間嗎？」

納十濃密的眉毛揚起了單邊，嘴上掛著一抹微笑。「你是想要過來一起睡嗎？」

「我只是問問而已好嗎？」

「原先那間，就在那邊，走道的盡頭。」

「咦？」

聽到他的回覆，我不禁表現出訝異的神情。

我以為納十和我的房間應該會更靠近一些，不是我太過自信，而是自從納十和我交往之後，我們無時無刻不膩在一起。如果納十是在我家過夜，我應該會安排他在視線範圍以內的房間吧？

「怎麼了嗎？」

「唔……沒事。」

我還沒來得及把臉別開，反倒是先看到他瞭然於心的眼神。幸好對方除了掛在臉上的笑容之外，沒有說出令我羞愧到無地自容的話來。

兩個鐘頭後，瓦特叔叔與一哥正好在晚餐時間抵達家門口。甌恩阿姨派人到樓上知會我們，當我和納十一同走下樓的時候，看見他們全都坐在餐桌前等待。

我抬起手向瓦特叔叔打招呼，接著向一哥打招呼。

由於瓦特叔叔就坐在主位，甌恩阿姨招手讓我坐到旁邊的位置，納十只好和一哥坐在一起。

「基因，好久不見了呢。」

我點點頭，笑吟吟地回應瓦特叔叔的招呼。

瓦特叔叔個頭很高，一看就能明白納十和一哥的高䠷身材是遺傳自誰。雖然他的頭髮有些灰白，但是看得出來他年輕時應該是一個長得很帥氣的人。

在生意夥伴或是其他人面前，瓦特叔叔看起來會比較肅穆，但如果是面對家人或者是像我這個鄰居，他就會變成一位很好相處的人。

他老人家把臉朝著甌恩阿姨的方向點了一下。「孩子媽媽說，你跟納十住在同一棟公寓是嗎？」

「對，我們住在隔壁。」

「是這樣子嗎？」瓦特叔叔稍微有些反應，回應我的同時點了點頭。「那麼叔叔就麻煩你多照顧一下我兒子嘍，他太任性就直接揍他。」

你。」

「做不來的啦，爸，看他的身材就知道太強人所難了。」一哥說道。

「十的年紀比基因小，如果還敢任性就讓他好看，晚點叔叔買電擊棒給

「呣，這樣不好吧。」

見一哥和瓦特叔叔一搭一唱，我笑得很尷尬，不曉得該擺出什麼樣的表情才好，坐在一旁的甌恩阿姨倒是笑得合不攏嘴。至於那位被談論的事主呢，表現得漫不經心，但是突然之間有隻羅望子醬炸蝦躺在我的盤子裡，隨即是一道泰然自若的聲音響起：

「會剝嗎？」

我還沒來得及封住納十的嘴，他就繼續說：「我來幫你剝好了。」

「不不不，我可以自己剝，我自己剝！」我趕緊舉起手阻擋他，說到舌頭差點就要打結。「你不用對客人照顧到這個分上，吃飯吧，請隨意，我可以自己處理，非常感謝你。」

我從桌子下踢了納十一腳以示警告，這傢伙是太習慣我們兩個人一起吃飯的模式了嗎？不管怎麼樣，我的心臟差點都要被他嚇得跳出來。

值得慶幸的是，在場沒有人發覺到異樣，瓦特叔叔繼續和我暢所欲言。

「聽說我們的老爸在聊說杰普要結婚了，這是真的嗎？」

「是的，去年底就在講了，可能會在明年初舉行。」

瓦特叔叔的表情明顯就是在嫉妒。「再過不久應該就能抱孫子了吧？叔叔還得等很久，我們一跟女朋友分分合合，老是遇不到心儀的對象，至於另外一個兒子又還沒畢業。那麼你呢？」

「唔，我啊……」我尷尬地笑了笑，不知道該怎麼回答才好。

「老提普是不是一直嘮叨你？要不要讓叔叔幫你介紹對象？」

「爸，基因有對象了，如果要介紹女孩子給他，先介紹給你兒子會不會比較好？」一哥似笑非笑地出聲緩頰，但是他說的話害得我眼珠子差點就要掉出來。

「有對象？小基因有對象了啊？」

原本在一旁靜靜聆聽的甌恩阿姨立即轉過頭來看我，瓦特叔叔也是一臉不敢置信的盯著我。

甌恩阿姨的問題讓一哥察覺到事態不妙，立刻皺起眉頭。

「啊，說溜嘴了……抱歉。」

我操，一哥啊！

他絲毫沒有一丁點負疚地聳肩表達歉意。

「這是真的嗎？小基因？」

「唔……那個……」

我不知道該怎麼回答才好，眼神左右飄移不定，因為大腦正在思考著解套的方案。

都怪一哥這個神經病說我有對象了，如果回答說有，那長輩們一定會問我是誰、長相怎麼樣，那我到底該怎麼回應啊？

而且我也不想要說謊，整個人不知所措，偷偷瞟了一眼坐在對面的納十。對方那雙精明的眼眸早就鎖定在我身上，他朝我點了點頭，我能夠感受到他傳遞過來的安撫之意，心跳才逐漸緩和下來。

「是的。」

「阿姨完全不知情呢，那你爸媽他們知道了嗎？孩子。」

「我們才剛交往不久，還沒有找到適當的機會說明。」

「這下不好了，阿姨竟然先知道了。怎麼樣？有沒有照片跟阿姨炫耀一下？」

「照片……」我輕聲呢喃。

「對方長得怎麼樣？誰家的孩子？漂亮嗎？」

看吧……我就說老人家會追問的。

如果甌恩阿姨想要看，只要看對面就能知道我的愛人長什麼樣子了，但是我又不可能這樣回答，真不知道該怎麼說才好。隨著問題越挖越深，我越是吞吞吐吐，後來變成遲遲無法啟齒，直到……

有另外一隻蝦子放進我盤子裡。

「這隻我已經幫基因剝好了。」

「謝……謝謝。」

納十似乎是刻意出手替我解圍，看著他帥氣臉上的淺淺笑意，我也朝他微微一笑。

「納十！」甌恩阿姨忽然神情嚴肅地喊著他，嚇了我一大跳。

「嗯？」

「媽媽從來沒有教你這麼沒有禮貌的行為啊，怎麼可以那樣直接稱呼基因呢？」

我瞬間臉色大變。

「他是哥哥，我們就要叫人家哥，不要讓人家說我們沒有家教。」甌恩阿姨繼續斥責著納十。

見甌恩阿姨把話題帶到這邊，我的對象這個話題也就無疾而終，我偷偷瞄著甌恩阿姨嚴肅的表情，接著看向被她訓斥的納十。

他才剛出手相救，而且這個任性的孩子肯定是不會乖乖聽話，我正準備要開口說沒有關係時，卻聽到低沉柔軟的嗓音響起，使得我當場傻住了。

「好，基因哥……」

我從來不曾要求納十這樣認真地喊我哥，趁我的臉色還沒有讓這件事情暴露之前，我趕緊低下頭，下巴幾乎要貼到胸口上。

數到二十四

吃完飯後，甌恩阿姨拿出她研磨的豆漿給大家喝，還和大家一起看電影；慶幸的是，在那之後沒有人繼續提起那件令我心驚膽顫的事情。直到時鐘上的時針指向十這個數字，甌恩阿姨才請大家處理完各自的私事之後趕緊去休息，我覺得全身黏糊糊的，很想要洗個澡，因此就先回房間。

當我洗完澡、爬上床，差不多要十一點了。

這間客房的床鋪就像是肉眼所見一樣的軟，我整個人放鬆地倒在上面，靜默地望向天花板以及花紋很淺的圓形吊燈，皮膚感受到吹過來的冷氣，氣溫適中，涼爽舒適。
就算納十請我不要擔心這件事情，但是我們也還沒有談過到底該什麼時候告訴家裡。
上次和一哥聊過，我明白總有一天還是要說出來的，只不過此刻的自己還沒有做好心理準備說出口。
我就這樣靜靜地躺著思索好幾分鐘，最後輕輕嘆了一口氣，翻身側躺，拿起放在床頭櫃上充電的手機查看，一一回覆LINE上面的訊息——留訊者有達姆、石頭、邇頤。我正準備要看下電視劇，卻聽見了輕微的敲門聲。
叩！叩！
我轉過身張望，接著下了床，走過去打開房門。
「十。」我看見站在門前的人，垂下了眼簾。
我並不意外會見到這個身材修長的男人，他穿著一件汗衫以及寬鬆的長褲，頭髮看起來像是才剛擦乾，柔順地覆蓋在額頭上，幾綹髮絲遮蔽了部分晶亮的雙眸，只能看到眼中一閃一閃的光輝。當納十像往常一樣朝著我露出淺淺的笑，那風采令我一時之間意亂情迷，亂了方寸。
「怎樣？有事嗎？」
「我過來一起睡。」他一派輕鬆地說道。

我立刻瞪大眼睛，舉起手來阻擋他進門。

「不准，今天睡各自的房間。」

「為什麼呢？」

……竟然還厚著臉皮裝傻。

「今天我們是在你家。」

「不會有人發現的，早上我會回去自己房間。」

「不要。」

搞得像是偷偷摸摸地在搞婚外情一樣……

「今天一整天都對我這麼好，就好人做到底吧。」

「免談。」

「……」

「快去睡覺。」

「……」

「別任性。」

納十不聲不響地望著我，面對這孩子沉默不語的詭計，我凝視著對方。

不到一分鐘，我從鼻孔裡噴出一口氣，鬆開環抱在胸前的手臂。「好吧，那你陪我下樓去喝個水。」

才剛說完，納十彷彿感到訝異地稍稍挑起眉毛。我把手搭在他的手臂上，示意走向樓梯，納十也很配合地移動腳步。

這個邀請並沒有其他更深一層的用意，我只是有些心軟，想再多陪伴他一下，僅此而已。

整棟房子大燈已經關了，大家都回到臥室裡準備休息，只有幾盞朦朧的夜燈還亮著。我跟納十走進廚房，他開啟了一盞位在抽風機上頭的小燈；至於我，其實不怎麼口渴，不過既然都下來了，乾脆喝點東西好了。

納十打開鍋蓋讓我瞧了一眼，裡頭還剩下一些甌恩阿姨磨的豆漿，我不由得貪嘴地想喝些甜甜的飲料。

「我先幫你加熱一下。」

「嗯。」

我拉了張椅子坐在中央的流理臺邊等候，至於納十則是臀部抵著流理臺站著。

廚房裡靜悄悄的，只有電磁爐發出的聲音，就算沒有人開口說話，也絲毫不會感覺到不自在。不過我想跟對方聊上幾句，所以問：「你不是快要考試了嗎？接著學期就要結束了吧？」

「嗯，再一個多星期。」

「喔！加油。」

「你是想約我出去玩嗎？」

我做出古怪的神情。「我什麼都還沒有說好嗎？」

「那麼我約你也行。」納十的語氣帶著淡淡的笑意。「我們一起去玩吧。」

聽完我也跟著笑了起來。「……也可以。」

鍋子裡沸騰的聲音讓我從椅子上站起來，我拿了兩個杯子，可是站在電磁爐前面的納十卻只接過一個，裝滿一杯之後就遞到我面前。

「小心燙。」

「Thank you.」品嘗了今天第二杯溫熱的豆漿之後，我的肚子很暖和。

我和納十在廚房裡邊喝邊聊天，喝光了豆漿、洗淨了杯子，我就示意他要回到樓上了。廚房裡的電燈被關上，雖然樓梯附近有一盞小燈，但是眼睛還未適應這個亮度，我因此抓住納十的手臂請他帶路。

納十卻回握著我的手，由於周遭環境闃寂無聲，我也就不便開口叨唸他。

「想睡覺了嗎？」

「現在還不想睡，等一下說不定就會想睡了。」

「那讓我繼續在你身邊待一下子吧。」他如是說，打開房門，神色自若地跨進房間裡。

我朝著他的背影翻了個大白眼，觀察一下附近，沒有發現其他人的身影，心想大家應該都睡著了，所以也懶得再說些什麼，走回房裡重新躺平在床上。

我伸了個懶腰，鑽進柔軟的被窩裡，納十走過來一屁股坐在我附近。

「睏了就趕快去睡覺吧，明天你還得去上課。喔！明天記得敲門叫我起床喔，要是睡過頭就來不及送你出門了。」

「起不來就不用勉強自己醒來。」

「沒關係，我也想要去一家店買點心，我要是起不來就用力地搖醒我啊。」

「好的，我會用力地親你。」

「是搖晃我啦。」

「如果要讓我叫你，就得用親親犒賞我啊。」

「夠了喔，算了！等一下我自己設鬧鐘。」

「超小氣的。」

「還不是因為你太白目。」

就在我輕聲回覆的時候，猛然發現對方的臉龐倏地靠得很近……

叩！叩！

我皺起眉頭，聽見模糊的敲門聲傳進耳裡，聽著心煩，不由得把頭埋進枕邊人的胸口。

叩！叩！叩！

敲門聲又再次響起，這次感受到旁邊的修長身軀動了一下，壓在我腰上的重量忽地消失不見。我的眼皮緊閉著，依舊帶著濃濃的睡意，輕聲呢喃：

「十……去開一下門。」

「等一下。」

「快點。」我嘟噥著，想要繼續再睡一會兒。當一旁的溫暖消失之後開始覺得有點冷，翻身轉向另外一邊，拉過柔軟的被子捲成一大團抱在懷裡，調整好舒服的姿勢打算繼續補眠。

我本來想再睡一輪的，但是傳到耳裡的交談聲把我的意識拉回到現實，我聽到幾句關鍵的話，像是「睡了一整晚」、「昨天晚上沒有回房間」，我這才緩慢地張開眼睛。映入眼簾的第一個景象，是阻擋炙熱的陽光從窗戶灑進來的深咖啡色窗簾，我別過臉，垂下眼簾，接著才皺著一張臉轉向大門。

原本我帶著睡意的眼睛是眨呀眨的，一個張望，立刻睜大雙眼，眼珠子差點就要掉出來。

「幸好沒有發生什麼事情。」

我立即從床上彈起來。「瓦……瓦特叔叔。」

門口除了納十英挺的身影之外，還有西裝筆挺的瓦特叔叔，此刻對方的表情以及眼神顯得平靜。他老人家盯著我的臉看了看，然後再把視線移到納十臉上。

就在這一瞬間，我雙手冰冷。

「整理好之後到樓下來聊一聊。」

大門合上的聲音不大，卻清晰地傳入我的耳裡。

瓦特叔叔已經到樓下去了，可是我依舊呆若木雞地盯著那扇門，不知道該怎麼移動身體。

直到溫暖的大手貼上我的臉頰，熟悉的帥氣臉龐取代了那扇門，闖入我的視線範圍之內。

我和納十凝視著彼此，我能夠感覺到強烈跳動的心臟逐漸平復。

「我……你……不，瓦特叔叔怎麼知道的？」我幾乎無法組織好一個問句，當下才發覺自己的聲音有多麼微弱。

即便他老人家沒有破口大罵或者是直接點明，但我也清楚瓦特叔叔已經知道了，他面無表情的模樣，比起憤怒呵叱還要令我感到壓迫與害怕。

「或許昨天晚上就知道了。」

「……昨晚？」

納十昨天晚上都待在這裡……

對於納十不願意回到他房間這件事情，我沒有任何責怪的意思。因為在那之前，我們不停地聊天，我感興趣地問了納十許多問題，像是在國外讀書的事情，以及朋友和工作的事情，什麼時候睡著的也記不得了，納十可能和我一樣在不知不覺間睡著了。所以除了擔心我們的關係被發現之外，我沒有絲毫憤怒的情緒，這是我們兩個人共同的疏失。

「不會有事的，基因先生應該也知道，我爸是一個講道理的人。」

「不知道，我……」

「不會有事的。」納十重複著同一句話，溫柔地撫摸我的臉，接著靠過來抱著我。過了一陣子後，環繞在我腰上的手臂才慢慢地將我抱起來放到地上。「去洗臉刷牙吧，談一下而已，接下來就會沒事了。」

「……」

「我會一直陪在基因先生身邊的，不用擔心。」

「嗯。」

我走進浴室，納十也回到他房間。

我看著鏡中的自己，眼神裡透露出些許擔憂，不過內心相較先前來得平靜許多。發生這種事情之後，我很難用言語去描述此刻的感受。

擔心是不可避免的，可是我也不斷安慰著自己：這樣也好，不是嗎？盡早公開讓這件事情有一個了結，未來才不用老是提心吊膽的，它或許不像我所擔心的那麼糟糕。

我輕輕地甩了甩頭，接著才伸手抓起牙刷。

瓦特叔叔在另外一間客廳等著，牆壁上設置了一臺大型電話，這間客廳比起前方那一間要來得隱密且安靜。走進去之後，我才發現坐在沙發上的人，不僅僅只有瓦特叔叔，還有甌恩阿姨。我當場木然，差點就要在客廳前面停下腳步。

當我雙手合十地向兩位長輩行禮之後，見他們輕輕頷首示意，這才走過去坐在對面的沙發上。

就算瓦特叔叔此刻的臉色看起來不像是在生氣，但可以發現他的眉頭緊蹙。

「什麼時候在一起的？」瓦特叔叔立刻直奔主題，開口問道。打從我們走進客廳到現在，他老人家的視線一直盯著我們的一舉一動。

「兩個星期之前。」納十開口回答。

「爸爸想要問你，十，你是同性戀嗎？」

「不是。」

「基因呢？」

「我不是。」我徐緩地搖了搖頭。

瓦特叔叔沉默片刻，放在膝蓋上的雙手改而放鬆地交疊環抱在胸口上，但是仍舊面不改色。「你們兩個人起先都不喜歡男人是嗎？那把你們走到一塊的來龍去脈說給爸聽聽。」

一聽到這個問題，我就望向納十，發現對方朝我露出溫和的笑臉。

「小的時候，我很喜歡跟住在隔壁的基因一起玩，喜歡他的善良，跟他在一起不會覺得無趣。當基因搬到外面去住的時候，我也必須去美國，除了讀書學習之外就沒有什麼特別的事情了，只有一陣子交過女朋友，可往往交往不久就分手了，周而復始，直到……」納十停頓了一下，彷彿是在回想非常久遠的事情。「大約是在高三的時候，我在臉書上看到杰普哥發了一張照片，我一眼就認出那個人是基因……」

「……」

「爸不是也問過我嗎，怎麼後來不交女朋友了？」

「不會是想告訴我，你早就喜歡上基因了？」

「是的。」

從納十開口說出第一句話，直到最後這短短的一句回應，我的視線都停留在他身上。他並沒有把事情全盤托出，只是以他自己的角度述說，讓在場的人來分析這一切。

但是納十剛才描述的那些有關於我的事情，我也是今天才知道得這麼詳細。

見他能夠如此平靜地娓娓道來，不禁令我感到羨慕。

接著，瓦特叔叔就轉向我這邊。「基因呢？說給叔叔聽聽，你們是怎麼在一起的？」

「就是……」我調整一下坐姿，放在大腿上的手抓了抓褲子，隨即感受到有一隻手輕輕地撫著我的背，讓我鼓起勇氣開口說話：「其實我記不起納十的模樣了，也不知道他是個明星，但是他的經紀人，也就是達姆，是我大學時期的老朋友，他拜託我照顧納十。」

瓦特叔叔點了點頭。

「就是……納十是個很有禮貌的好孩子，幫了我很多忙，我……喜歡他。」

在描述的當下，我除了心跳加速之外，也擔憂瓦特叔叔會駁斥，不願意接受我們，因此選擇直接把自己的感受全盤托出。

客廳裡陷入了沉默。

「都交往了，為什麼不跟爸媽說一聲呢？」

終於問到這個問題了，不等納十開口，我就率先回應道：「是……是我自己不敢說出來的。我不曉得瓦特叔叔和甌恩阿姨如果知道我和十在交往會怎麼想……」

「怕叔叔會罵你嗎？」

「是的……」

「如果要直接說結論的話，叔叔是不同意的。」

我握緊了拳頭。

「叔叔的家族是在做生意的，有生意往來的夥伴，要成功，形象以及名聲是很重要的一環。如果被外人知道，我的兒子和男人交往，其他人會怎麼看待？」

瓦特叔叔的一字一句都讓我緊緊地抿著嘴，他說的是事實，而且是站在長輩的立場出發，我無從否認。

「我……」

「但是昨天晚上吃過晚餐後，叔叔已經跟阿姨談過了。」瓦特叔叔又繼續說道，把視線轉向坐在一旁的甌恩阿姨。

我的臉色大變。吃過晚餐後？

也就是說，兩位老人家早就知道了是吧？

「瓦特叔叔和甌恩阿姨知道……」

「當然知道。想說十突然搬到基因隔壁住，明明已經好幾年沒有碰面了，竟然還有辦法這麼要好。吃飯的時候也把你照顧得很好，叔叔跟阿姨怎麼可能沒發現？十是叔叔的兒子，他這個樣子如果叔叔都還看不出來，那應該就不是他的親生父親了。」瓦特叔叔的語氣依然很平靜，沒有參雜任何情緒。

可是我的腦袋一時之間卻像是漿糊一樣。

過了幾分鐘之後，一陣嘆息響起。

「從來不曾想過，你們這兩個我從小看到大的孩子，在長大之後，有了自己的想法，竟然會這樣子說給我聽。」

我輕輕地抿著嘴，本想開口再說些什麼，最後卻選擇了緘默。

「十，你是爸爸的兒子；至於基因，叔叔也是把你當作兒子一樣疼愛，既然都已經變成這個樣子了，也就不方便再多講什麼。說多了，孩子也不會想聽；阻止了，也只會變成爭吵，就連爸爸自己也不喜歡被強迫。」瓦特叔叔說話的同時，眼神始終落在我跟納十身上。「不過形象也是很重要的，十，就像你那些模特兒的工作，爸爸會放任你去做，應該知道原因吧？」

「……」

「我們家有家族企業，有事業夥伴，也有需要談判的對象，兒子就像是門面一樣，或許有些人會在意，或許有些人不會在意，但是到了最後，爸爸都會把這一切交棒給下一代。哪一天會踏入棺材也不知道，但人死了之後，就不用繼續再照顧到這一切。假如你們已經決定好，爸爸跟媽媽也溝通過了……」

我咬緊牙根，瓦特叔叔沉默的那一段時間，一秒鐘就如同一分鐘那樣漫長。

「未來有什麼事情就自行負責，只要別讓爸媽失望就夠了。」

我繃緊的肩膀頓時放鬆下來，當我看向瓦特叔叔，發現他的神情與我所擔憂的模樣相去甚遠。他沒有半點生氣或者是不滿的跡象，眼神裡只有做了決定的堅定，以及隱隱約約的憂心。

甌恩阿姨始終保持沉默，但話都說到這個分上了，她也和顏悅色地朝我笑了笑。

我出神地看著兩位老人家，如鯁在喉一般說不出話來，內心裡五味雜陳，除了感到高興、放心、興奮、感激之外，也覺得歉疚。這些情緒就這樣縈繞在我的心中，讓我不曉得該怎麼說才好。

當我聽到納十開口致謝的聲音，才回過神來，趕緊舉起手拜謝兩位老人家。我別過臉去看向身邊的納十，發現他也正巧轉過頭望著我。

他放在我背上的手又再次輕柔地撫慰著。「我說過了對吧，不會有事的。」

我一語不發地看著他。

納十的聲音似乎是傳到了瓦特叔叔的耳裡，他這時又開口說道：「說吧，假如爸爸不同意，你們打算怎麼辦？」

他投射過來的眼神，看起來並未特別嚴肅地看待這個問題，但是其中卻隱藏著挑釁的意味，似乎是很想知道答案。

「怎麼樣啊？十。如果爸爸跟媽媽接受不了，不同意，你要……」

「土地開發案那件事情。」

納十只說了這麼一句話，瓦特叔叔就立刻安靜下來。他詫異地瞪大眼睛，先前凝重嚴肅的神情消失得無影無蹤。

「爸爸正想要拿下它，是誰告訴你的？是阿一嗎？」

「爸一直談不攏不是嗎？」

瓦特叔叔拍了一下膝蓋。「很好！那你去談回來給我，如果他願意出售，你們的事情爸爸會允許的。」

「您這樣是食言了啊。」納十說道。

我則是瞠目結舌，來來回回地望著納十與瓦特叔叔，隨即發現前者的嘴角微微揚起。

「這樣好了，如果堤普叔叔不同意，爸要幫忙協調。把錢匯過來，我會把地契拿回來的。」

瓦特叔叔思索了好一會兒，目不轉睛地看著他，然後才轉身面向甌恩阿姨。「……十這小子的個性到底是遺傳到誰？」

甌恩阿姨噗哧一笑，肅穆的氛圍隨之淡去。我跟著堆起笑臉，壓在心中的兩塊大石頭彷彿被移走一部分——即便剩下的這塊大石仍然很有分量，令我有些揪心，但至少瓦特叔叔的一席話與他們兩位老人家的態度，幫助我放鬆不少。

由於時間還很早，瓦特叔叔也得趕著去公司上班，他又交代了幾句話，表示他們雖然已經知道狀況了，但是我爸媽那邊也應該要知道這件事情。我聽完之後只是緩慢地點了點頭，沒有做出任何回應。

當兩位長輩雙雙離去，客廳裡就只剩下我還有納十。那座精緻的落地鐘顯示，現在時間為九點。

「基因先生……」

「謝謝你。」我率先說道。

「嗯？」

「我就是想這麼說。」

聽我這麼一說，納十莞爾一笑，並沒有繼續追問，僅僅說了這番話。

「今天不用跟著我出門了，基因先生再上樓去睡一會兒吧，想要買什麼甜點寫一下清單，等一下我吩咐別人去幫你買回來。」

「我可以去。」

「在這邊睡覺比較好，等我回來找你。」

「……這樣也行，那你會幾點回來？」

「大概是下午三點左右。」納十說話的同時站起身來，他把手伸過來，我順勢搭著他的手站起來。

由於之前一醒過來，瓦特叔叔就要求我們即刻下樓談話，我和納十只是簡單地刷牙洗臉而已。現在我能繼續回去補眠，納十卻必須先沐浴更衣整頓好自己，才能去大學上課。

納十帶我回到房間，在轉身離去之前，我決定開口叫住他：「十。」

「嗯？」

「跟爸媽說的那件事情……」我欲言又止。「我比較想要自己跟他們提。」

「……」

「他們是我的爸媽，如果要提，我想要自己親口說出來。」

納十沉默了一段時間，後來終於點了點頭。「好的，基因先生想要什麼時候提都可以，我讓基因先生自己決定。」

我注視他炯炯有神的雙眸，聽到他的回應之後，忍不住朝他堆起笑臉表示感激；但是笑容才維繫不到一分鐘就急速地消逝，因為納十俯下身來狠狠地在我的臉頰上親了一口。

「晚安嘍。」

我還沒來得及斥責他怎麼可以在家裡做出這個舉動，納十竟然搶先關上門離去了。

我呆滯地注視房門，站在原地不動。當一個人獨處的時候，大腦就開始思考父母的事情以及我和納十的事情，我只能在心裡重複告訴自己：爸媽應該能夠理解的……

數到二十五

我是那樣子想的，可是事情卻完全沒有朝著我所想的方向發展。

隔天晚上，當爸媽回到家休息後，我就下定決心要跟他們好好地談一談。起初我是想要單獨和他們談，可是納十卻很堅持要陪在我身邊，還臨時想到一個我也同意的理由，說交往是兩個人的事情，如果他不來，我爸媽又怎麼會認為我們是認真的？

因此，用過晚餐之後，我就坦承了一切。

媽的表情是大吃一驚，至於爸……他的心情瞬間大受影響。

「跟納十交往了？」爸問道。

「是。」

他默不作聲，但是緊接著說出來的那句話，使我的手腳都麻痺了。

「當初你跟爸爸說寫那類型的小說，不是因為喜歡男人。」

「我……」

「爸相信了，結果你又跑來跟爸說你是同性戀？」

「爸，我沒……」

爸靜默地端詳著我。「你知道先前所說的話和現在表現的意思南轅北轍嗎？」

「不是這樣的！我會跟納十交往，並不表示我能接受其他的男人啊！」

「你現在跟男人在交往，那這兩個意思並沒有差異。」

「爸，我……」

坐在一旁的納十，把手搭在我的手臂上。

感受到熟悉的溫暖，我焦灼的心情以及提高的音量立刻被壓制下來，他的慰藉令我冷靜地閉上嘴巴，隨後才再次開口說道：「我只會跟納十交往，如果不是納十，我或許不會跟其他人交往。」

「……」

「爸……」

爸把視線落在我被納十觸碰的手臂上，他語氣平靜地開口——

「到樓上去。」

「我們還沒有談完……」

「我叫你到樓上去。」

他加重的語氣隱含著怒氣，我頓時打住聲音。本來準備好要說給他們聽的話以及所有的一切，都被爸此刻的眼神以及態度統統否定。

我很久沒有見過爸這麼生氣的樣子，只有在小時候看過一次，那個時候我還很任性，老是喜歡頂撞爸爸。

整個情況變得更嚴峻了。

我把臉轉向納十，接著看到他點了點頭。

我一個人走上樓梯，進入房間後就關上門，打開每一盞燈的開關，房間頓時明亮了起來。我沉重地嘆了一口氣，感覺內心既憋屈又抑鬱。

我對於爸不願意聽我解釋感到不是滋味，但更多的是傷心以及委屈，回想起瓦特叔叔說過的話，一想到對方可以這樣寬容地理解納十，我不由得羨慕。

雖然我告訴自己會有其他的辦法，因為我喜歡納十，所以我才會想跟他在一起，理由就只是這樣子而已；但同時又害怕了起來……假如試過所有方法，爸仍舊不同意，那麼今後我到底該怎麼辦才好？

我拿起手機想要打電話給納十。

但是事情還沒有結束，還沒有結論，我盡可能地想幫自己理出一個答案，所以沒有順著自己的心意打電話給他，反而選擇發送訊息。

Gene：十。

納十還沒有讀我的訊息，我看了手機螢幕好一段時間，最後把手機擱到床上。

我一屁股坐在手機旁邊，深深地吸了幾口氣，腦子裡千頭萬緒。過了好幾分鐘，我決定再去跟爸爸重新談過一次。找到自己接下來要做的事情以後，一顆心才總算是平靜了些，我拿起浴巾以及替換的衣服走進浴室，打算洗個頭活絡思路，讓自己清爽一些。

我在浴室裡花了特別久的時間，一個鐘頭後，我穿戴整齊地走出房間，直接走向爸的工作室——地點位在屋裡的另一端。每天一到這個時間點，爸都會待在那兒。

我抬起手猶豫了一會兒，但最後還是敲了敲門。

叩！叩！

「爸，您在裡面對嗎？」

「在。」

聽見爸模糊的聲音傳了過來，我轉動門把。

我看見爸坐在辦公桌前，桌上擺了一臺桌上型電腦的大螢幕。房間裡沒有開空調，但是窗戶被打開來通風，我聽見陶瓷風鈴發出輕微的聲響以及電視播放的聲音。

「我想要跟您談一談。」

「不是已經談過了嗎？」

「還沒有談完，我想要解釋，您才能夠理解。」

「不用解釋了，我知道你心裡在想什麼。」

「爸！爸不知道……」

「爸知道。」他把視線睇過來的時候，再次強調了同一句話。

「……」

「回去想清楚，看是要繼續交往還是分手。試著設想一下，如果繼續交往下去會變成什麼樣子，如果分手了會是什麼樣子……很晚了，改天再談吧。」

爸把話說完之後，我倔強地站在原地好一會兒，但是爸卻默不作聲，毫不理會仍舊杵在房間裡的我，只是一味地盯著面前的電腦螢幕。

他正拐彎抹角地向我傳達，今天不談就是不談。我煩躁地發出一些聲響，起初的感受是憂心與委屈，現在全轉變成怒氣。

我並不是為了爸叫我回去重新思考而感到氣憤，而是因為爸不願意聽我說話而惱怒。

最後我走出爸的工作室，表情很不愉快，擰眉瞪目的。我決定先回房間裡拿手機，但是當我走到轉角時卻嚇了一跳，好巧不巧地碰上正準備上樓的媽媽。

「基因。」

我悶不吭聲，試圖先冷靜下來。「媽……」

自從我跟爸媽說了自己與納十的事情之後，爸就直接把我趕到樓上，我都還沒有跟媽談過這件事情，不曉得媽會不會像爸一樣不高興，或是對這件事情有其他想法？

「你剛去跟爸談話是嗎？」

「嗯，是。」

我點了點頭，媽輕輕地嘆了口氣。「下來陪媽媽泡泡茶吧，走。」

媽招了招手，態度就和我平常回到家裡時一樣，我內心的鬱悶稍微緩和下來。我一走上前，媽就抬起手來挽著我的手臂。她什麼話也沒有說，但是這種感覺讓我想到小時候，每當別人認為我犯了錯，媽總是能理解我，安慰地撫著我的背還有頭。

我收緊了手臂，夾住媽媽的手。

「由基因來泡吧。」

一走進廚房，我就先請媽媽坐著等，我則是打開密封罐，從裡面拿出一包茶包。

「爸爸怎麼說？」

我正準備要拿熱水壺的手頓時停了下來。「沒有說什麼，什麼都不說，只叫我回去想清楚以後再談。媽，爸這麼說，意思是不希望我跟納十在一起對嗎？」

「媽媽不知道。」

「爸說他理解我，但是他完全都不聽我說話，這是要怎麼理解我？」我極度壓抑地宣洩著情緒。「我想要跟爸談清楚，如果爸不想要讓我跟納十交往，我也想要好好的聽聽他的理由。」

「小基因……」媽媽像小時候一樣呼喚著我，我彷彿被安撫了一般，逐漸冷靜下來。

「……」

「爸爸肯定是有他的理由，孩子。」
「我並沒有說爸沒有他的理由啊，我只是不喜歡他不願意和我溝通。」
「爸應該是想先緩緩，等到適當的時機會再跟你談的。孩子，你自己不是也說了，爸要你以後再談不是嗎？」
「話是這樣說沒錯……」
可是我很焦急，因為這樣拖著問題，我得不到一個結論，也不清楚到底是怎麼一回事，心中像是卡著一塊大石頭，做任何事都無法集中精神，滿腦子全是這件事情，無法放下。
「先不要想太多，坐下來跟媽媽喝杯茶。」
「那媽呢？」
「嗯？」
「我喜歡納十這件事情，媽生我的氣嗎？」
聽見我輕聲地問起此事，媽媽噗哧一笑，她起身拿過我手中的熱水壺，倒進自己的杯子裡面，當熱水的高度淹過茶包，茉莉花的香氣就飄散開來。
「那甌恩阿姨有生基因的氣嗎？如果讓媽媽來猜，她沒有生氣對吧？」
「嗯。」
「那麼媽媽也不會生氣，如果生氣了會跟甌恩阿姨吵架，媽媽不就沒有朋友可以一起跳有氧舞蹈了？」

「……」

這是認真的嗎？

媽一回頭就發現我古怪的表情，隨後就伸手捏著我的臉頰左晃晃、右晃晃，由於她下手太重，痛得我出聲求饒。

「我兒子真是美味可口，要怎麼做才能把臉頰統統吃掉呢？」

我繼續擺出古怪的表情。

「媽媽不會生氣的，基因想要做什麼就做什麼。媽媽從你高一的時候就知道你選擇了你喜歡的類組，大學也是選擇你喜歡的，科系也是你喜歡的，做你喜歡的事情後有好的結果，媽媽就心滿意足了。」媽媽說話的時候沒有看著我的臉，她打開一旁的抽屜，取出一根小小的咖啡匙。

我只是默默地注視著媽媽。不一會兒，她大驚失色地叫出聲來，因為我撲上去緊緊地抱住她。

隔天一大早，媽媽過來敲門喚醒我，要我下樓去吃早餐。

整個用餐過程沒有任何交談聲，而且我也沒有望向爸爸那邊，用完餐後就拿起手機，悄然無聲地先離開。我走到自家的小花園裡，坐在吊床上，每次只要我一回家，它就是我固定的寶座。

由於陽光強烈得刺眼，我戴上了太陽眼鏡，耳裡隱約聽見卡拇伯伯開啟圍籬大門的聲音。我一轉過頭去看，就發現爸爸的車子開出去了。

我把視線拉回到手機螢幕上，點進 LINE 查看，有兩則來自納十的訊息通知跳了出來。我點了進去，不過卻先往上滑動，再次複習一遍昨天我們所爭論的內容。

Gene：我上樓之後，我爸有跟你談話嗎？

nubsib：是的。

Gene：我爸罵你？

nubsib：沒有，稍微聊了一下。

Gene：聊了一下，是聊了些什麼？

nubsib：他請我回去想清楚，可以的話就先不要跟你談。

Gene：為什麼我爸要禁止我跟你說話？

Gene：不懂。

nubsib：提普叔叔的意思是希望基因能夠自己思考這件事情。

nubsib：（發送貼圖）

nubsib：臭著一張臉對嗎？

nubsib：已讀不回？

Gene：你不跟我說話了嗎？

nubsib：怎麼會？我這不是正在跟你說話嗎？

nubsib：我知道基因先生很擔心，如果不跟你說話，你會更擔心對吧？

nubsib：基因先生再重新想一想我們的事情也好，但無論結論怎樣，基因先生必須是我的男朋友。

Gene：……

Gene：我也沒想過要變心啊？

nubsib：（發送貼圖）

nubsib：而我也不會把基因先生還給堤普叔叔的。

我看著這張棕色浣熊翹起大拇指的貼圖，以及最後的兩則訊息，嘆了一口氣，知道他是想讓我心情好一點。不過我會嘆氣不是因為壓力，比較像是鬆了一口氣。

我也不是很清楚……總之很多事情都讓我鬆了一口氣。

至少從納十傳來的訊息來看，我並不是單獨一個人在想辦法和他在一起，納十令我感覺到他真的很喜歡我。

嘴角的幅度稍微上揚了些，我這才回覆他最後傳來的兩則消息。

由於訊息是好幾個鐘頭之前發送的，所以我輸入訊息後並沒有馬上收到回覆。納十可能正在忙自己的事情，上課、拍戲，每天納十都有很多事情得去處理。

我戴上耳機，挑選出一首歌播放，然後才將手機放在胸口上，打算吹著徐徐的風，坐在這邊休息一會兒。

上午十一點，氣候逐漸升溫，我移動腳步回到臥室。

我一整天都關在房裡看電視劇，完全沒有心情做其他事情，看著劇可以讓我注意力隨著每一個場景轉換。如果讓大腦空閒下來，或許又會開始亂想一通。

一直到了晚餐時間，怡恩伯母上樓來敲我的房門，我隱約聽見媽媽講電話的聲音從樓下傳來。由於倦怠感加上些微的心力交瘁，我跟她說晚一點再下去。見我模樣無精打采，怡恩伯母好心地說會幫我在廚房的小桌子上留一些飯菜，就蓋在飯菜罩裡頭，我餓的時候再微波加熱。

我重新回到床上，由於製造的動靜太大，吵醒了媽媽最疼愛的糖絲——牠原本正在一旁呼呼大睡。

「吼！允許你一起睡在床上就很好了，竟然還這樣子對我，哈？」我躺著對小狗說話，因為被牠噴了一口氣，所以伸手去輕輕地搓揉牠的頭。

整隻手被熱熱的舌頭舔遍之後，不一會兒就變得溼漉漉的。

「停下來，都髒掉了……」

我的聲音消失在喉嚨裡，原本停留在電視劇ＡＰＰ的手機畫面倏地變成了**LINE**撥打進來的頁面。看到螢幕上顯示的名字與照片，我趕緊滑動手指接聽。

「基因先生。」

手機裡傳來納十熟悉的低沉嗓音。

「嗯。」

「接得這麼快，是很想我嗎？」

「剛好手機就在附近……」

「我也很想念基因先生……」

「……」

我不知道該怎麼反應才好，但是試圖告誡自己嘴角不可以翹起來，因為糖絲正圓睜著雙眼，興致勃勃地緊盯著我，這令我感到很不好意思。

我聽到陣陣的笑聲響起，納十緊接著問：「你在做什麼呢？」

「在房間裡面躺著看電視劇啊。」

「吃過飯了沒？」

「還沒，還不餓。」我精簡扼要地回答。

我心裡很明白，如果要下樓吃飯，我肯定得和爸碰面，我鬱悶的感覺還卡在心中。至於杰普哥，幾天前就住在外面還沒有回來。雖然家裡有媽媽在，不過我和爸的事情只會令她為難，像今天早上的餐桌氣氛比以往都要安靜，只有湯匙與盤子輕微的擦撞聲。

「如果餓了就下去吃飯吧，不要放任肚子叫太久。」

「嗯，知道了。你呢？吃過了沒？剛回到家嗎？」

「剛回到家，所以還沒有吃飯。」

「今天怎麼樣？戲棚。」

「就跟平常一樣，但是再過不久就要拍完了。」

「嗯，達姆有發 LINE 通知我。」

他們拍攝的狀況良好，所以才能夠在計畫的時間內提早拍完。等電視劇正式播出，後續才有可能會開始出現其他問題。「如果拍完了，你的下一部劇要去拍……」

叩！叩！

敲門的聲音響起。

我眉頭深鎖，對著電話另一端嘟囔：「等一下回來，有人在敲門。」

我沒有等他回覆就先把手機放在床上，掀開棉被下床，快步走過去開門。我以為是怡恩伯母再次上來告知晚餐的事情，因此很迅速地打開門。

但是出現在面前的人令我大吃一驚。

「爸？」

我完全沒有心理準備，所以見到站在門口的這個人，我此刻的表情相當的不知所措。

「看到是爸爸所以才露出這副表情是嗎？」爸爸的聲音和往常一樣毫無波瀾。

我微微擰眉。「不是……」

「為什麼不下樓吃飯？」

「我不餓。」

「你是不餓還是不想看到爸的臉？」

我朝爸的臉瞥了一眼，當下決定實話實說：「我不餓，而且如果下樓我也會覺得很鬱悶。」

爸沉默了半晌。「小的時候爸太放任你了。」

「……」

「坐下來跟爸談談。」

「談？」

一時之間我沒有反應過來，悄聲地複誦一遍，直到爸的聲音又再次響起——

「不是想要跟我談嗎？」

爸彷彿對我呆滯的模樣感到不耐煩，主動走進我的房間裡，筆直地朝床尾的小沙發走去。睡在我床上的糖絲忽地彈跳起身，衝了過來，當爸坐下之後，牠就跟著跳上去，興高采烈地搖晃著尾巴打招呼。

我見狀，全身開始有點緊繃，立刻看向床上仍在線的手機。雖然此時手機螢幕是黑的，而且也沒有傳出任何聲音，但如果讓爸知道我剛才正在跟納十說話，不曉得他會不會愈發生氣？

有一瞬間，我心中這麼想，被爸知道了也無所謂，因為在這之前他也不願意說出他的理由。不過我一下子就打消了這個念頭，因為我很清楚，那樣做只會把事情搞得更複雜而已。

爸可能會責怪我跟納十不願意聽從長輩的話，就算有再怎麼正當的理由，爸的身分依舊是我的「父親」以及「監護人」。

「怎樣？爸說了要跟你談，還呆站著做什麼？」

爸再次響起的聲音催促我趕緊關上門，我從窗戶前的桌子旁拉了張椅子，在他的對面坐下來。我沒有機會去拿手機或是偷偷掛上電話，只好不去管它，好在螢幕被鎖起來了，而且也沒有開擴音，聲音並不會傳出來。

屁股一碰到椅子坐墊，我就抬頭注視著爸。

爸撫摸著糖絲的頭，開口說道：「爸說過請你重新思考，你想過了嗎？」

「如果是那件事情……我根本不需要再想了，在情況變成這樣之前，我早就想過了。」

「想了些什麼？」

「我喜歡他。」

「就只有這樣？」

「那麼對爸來說，還需要怎樣？」

「基因，爸要跟你說一些事情。」爸凝視我的臉。「兩個人之間的事情，光只有喜歡和愛是不夠的，你也看過很多對情侶彼此相愛，但是最後走不到終點。因為它不是只有愛，它還有很多需要考慮的事情，你的還有納十的工作職責，其他人的眼光，別人知道你們同性戀的關係之後的閒言閒語。」

「……」

「爸才會說，試著想一下，假如繼續交往下去會變成什麼模樣？如果現在就分手了會變成怎麼樣？」

「……」

「對於納十，爸不會太擔心，看得出來那個孩子只要足夠喜歡你就可以了。納十是個聰明的孩子，可以處理所有事情；但是你呢？已經準備好要面對那些事情了嗎？」

「……」

從爸一說出「要跟你說一些事情」到最後一個問句，我一個字也說不出口，只能靜靜地聆聽。我放下成見試著去思考，眼神不由得黯淡下來，無法聚焦。

這是……爸在想的事情？

我想得沒有那麼遠，聽完爸的想法之後，我內心深處也在抵抗去附議，不由自主地感到挫敗。我是個小說作者，明明有在寫書，為什麼就無法想得那麼深遠呢？或者，其實我是知道的，只是我不敢堂堂正正地面對這個問題。

我不像一般為性傾向做出選擇的男同性戀一樣，他們很清楚自己會面對什麼，要去對抗他人假自然法則的說法所做出的規定。每一個人的言論、思考事情的角度不一樣，從外人的眼光來看，其實兩個男人交往，就像是納十說的那樣，有愛就足夠了……這也是事實。

但是所謂的「足夠」，也要別人真的能夠接受他們的「愛情」以及性別的模式，不去加以干預。

在泰國，第三性享有完全的自由，可是思想上的自由呢？相信很多人也很清楚，他人內心深處仍舊是輕視的。

能夠放下的人就能得到快樂，但是如果像是爸所說的那樣，內心不夠堅強……

活在這個世界上……內心真的要非常堅強。

一想到這裡，我更是啞口無言。

「我從小把你養到大，我說我明白你所想的事情，不是想要像一些老人家那樣倚老賣老，爸理解你，因為你是我的孩子。」

「我……」我只說了這麼一個字，然後就抿起嘴脣。

爸說理解我，因為我是他的孩子。這句話在我的腦海裡迴盪了好幾次，下一秒鐘我低下頭，下巴幾乎都要碰到胸口了，當下真希望能有個口罩或者是一副墨鏡，才能掩蓋住我的表情與眼神。

「我……對不起。」

除了這幾個字以外，我再也說不出話來。

雖然我們沒有吵架，但在這之前，我對爸不是很諒解，因為我認為爸還不理解我，光是這樣我就應該要道歉。

爸默不作聲，我可以感受到他正目不轉睛地注視我，過了一陣子才又開口說道：「爸接受你的道歉，譴責你二十六歲了，還跟小孩子一樣使性子不講話。」

「……」

「你看起來是很溫順，但是對熟人的態度卻南轅北轍。爸媽從你小的時候就照顧你、順著你，所以你長大之後只會對我們這麼任性地無理取鬧，爸不意外而且也不會覺得難過，你有小孩子的一面，卻又好好的長大成人了，會道歉就很不錯了。」

說到這裡，爸動了下身體，靠在沙發上，看起來放鬆許多。

「你小的時候比現在還要任性，做錯的事情是現在的百倍，大吵大鬧地在屋子裡面亂跑亂竄，閃躲媽媽的晒衣架……但是這一次沒有晒衣架了，而且你也沒有逃避，還主動走過來找爸爸談，因此爸才會直白地告訴你，先試著想一想接下來該怎麼做。」

我點了點頭，這次我沒有閃躲地直視著爸的眼睛，他的眼神彷彿是在說「可以做決定了嗎？」。

「我……照著爸的話試想了一下，如果沒有分手，可能會出現可以理解跟無法理解我和納十的人，或許會有所爭執，在那之後我也不知道會怎麼樣；

但如果我今天就分手，我只知道我明天會很難過，後天也會很難過，不知道會難過到什麼時候，而且一想到納十會難過，我就更難過了……」

「……」

「就是……我不想要難過啊。」

我看著爸，無論是說話的表情或者是語氣，我都表現出最認真的態度；雖然那些八股的話促使我極度的難為情，可我還是把這股情緒硬生生地壓下去。「我想要跟納十交往。」

「……」

臥室裡的氣氛陷入一片寂靜，就連糖絲也非常乖巧地趴在爸的腿上，直勾勾地盯著。我的視線停留在爸的臉上，過了不到五分鐘，我就聽見一陣嘆息。

「其實在這之前，爸跟納十談過，爸也對納十說了同樣一番話，有件事情，爸聽那孩子說出來之後，就不想讓你們在一起了。」

我不由得一陣錯愕。

「納十跟爸說，如果到最後你狠心，不夠堅強也沒有關係，這是他的責任，因為無論如何，他都不會跟你分手的。」爸輕撫著糖絲的頭。「這麼順你的意，就算你到了三十歲，你這種像小孩一樣任性的個性絕對不會改變。」

我們對話的主題竟然變成這樣，我又再次低下頭——這次不是為了遮掩難過愧疚的神情，而是為了隱藏臉上害羞靦腆的紅潮。

我還沒來得及思考以及回答，爸就先把糖絲抱起來，放在旁邊的坐墊上，起身走向房門。一切發生得太過迅速，直到他轉動門把的那刻我才回過神來，跳起來趕緊跟上去，爸要走出房間前又回過身看了我一眼。

他的臉色有了變化，雖然乍看之下仍和往常一樣平靜穩重，可我就是知道他變了。

「想跟他聊就聊吧。」爸瞥了床上的手機一眼。「但是今天晚上得睡在家裡。還有啊，你可以把糖絲帶到樓下去了，別放牠在床上待太久，小心毛都跑到鼻子、嘴巴裡面。」

爸一口氣說完一大串話，最後一句還說得挺嚴肅的，之後他就走出去了，當然是前往另一邊的工作室。

我靠在門框上，拉長脖子張望，趁爸的身影尚未完全消失之前，我大吼一聲「謝謝您」，聲音響遍了整個房子。

……也響遍我的內心。

這一回，壓在心底的大石頭才真的是被清空了，籠罩在四周的低氣壓終於消散。

我走回房間，好好地將門關上，糖絲從沙發上跳下來，遠遠地坐在地板上，樣子非常的惹人憐愛。我對牠露齒一笑……坦白說，就算牠現在在我的房間裡面大便我也會朝牠傻笑。

我跳上床，抓起手機將螢幕解鎖，躍入眼簾的是LINE電話保持在線的狀態，通話時間上面的數字不斷往上加。看到這個情形，我急忙舉起手機貼在耳邊，緊接著發出聲音：「十，你還——」

「基因。」

結果納十卻搶先發話。

「嗯？」

「我正在你家大門前，可以下來見我嗎？」

「哈？我家大門前？現在啊？」

「對。」

我木然地蹙眉，睜大雙眼。「等一下喔。」

我說了這麼一句話，打開房門，加快腳步走出去，盡可能地將音量降到最低然後下樓。爸說我可以跟納十說話，但是禁止在別的地方過夜，像這樣下去和他面對面說話不算是過夜吧……我猜想，爸其實事先就知道我正在跟納十講電話，或許他在敲門喊我之前就聽見我們的對話了，不過他似乎對此沒有意見。

我把手機貼在耳邊保持通話狀態，穿好拖鞋走到屋外，逕直朝圍籬大門走去。

我看見熟悉的頎長身影就站在外面，門前的路燈光芒落在他碩實的背上，並在他腳下拉出細長的黑影。在黑暗中我看不太清楚，只看見他身上還穿著學生制服，他也和我一樣將手機貼在耳邊，眼神與表情即便不是很清晰，但是我仍然感受得到他的激動。

我掛上電話，拿著鑰匙走過去打開門，同時開口說道：「怎麼突然跑來了？」

「我想要抱基因。」

「嗄？」

雖然耳朵是聽見了，不過腦子還跟不太上，我忍不住重複一次他的話。

就在這個時候，我正巧把門打開，我們之間沒了任何障礙物阻隔，納十拉過我的手臂，我順著這股力道貼上去，他牢牢地摟緊我的腰。

我一邊的脖子與耳朵可以感受到他溫熱的鼻息以及擠壓的重量。

我眨了眨眼。「你這是怎麼了？我們還在家裡耶。」

「如果看到我難過，那麼基因也會難過……」

「……！」我整個人僵在當場。

納十在我耳邊的私語，是我先前所說的話，這使得我變得像是被火燙到的機器人一樣。

「聽了之後，不知不覺就走到這裡了。」

「你……聽見了？」

「嗯，聽見了。」

「……」

「而且還非常的高興。」

我輕咬著口腔內的肉，一張臉非常地燙。「我只……就是……實話實說而已。」

「我知道，所以才會說很高興啊。」

因為我們靠得很近，所以我能清楚聽見納十的每一字、每一句，或許他是刻意用間接的方式想要向我表達當下的情緒，我能感受到圍繞在他身上的愉悅氛圍。

我閉上嘴巴，抬起手抱住他回應。

「想親你……」

「不可以。」

「我還沒說完呢。」

面前的這個人稍微往後退開，促使我們能看清楚彼此。他的嘴脣依舊掛著微笑，凝視我的眼神帶著戲謔。

「我想說的是，我想親你，但是在家裡不能做，先欠著。等你什麼時候回來，我會連本帶利討回的。」

我指向大門。「回你家去，快。」

納十輕輕地笑了起來，見他燦笑，我不由得拉長了臉。

「剛跟提普叔叔談話還沒有吃飯對吧？」

「嗯，不過廚房裡有留我的飯菜。」我回覆，一提到飯菜以及還沒有吃飯的話題，就開始覺得餓了。

「分量足夠分我吃嗎？」

「你家裡也有飯卻不吃？」

我嘴上這麼說，卻沒有拒絕，轉身抽離他的雙臂，帶著他穿過花園捷徑，避開房子前的陽臺。我家的廚房後門緊連著花園，因此相當的便利。

廚房的燈全關了，這個時間點怡恩伯母以及卡拇伯伯應該已經睡著了。

我打開電燈，看見桌上的飯菜罩裡面竟然有四、五樣菜。

每一樣菜都被留了一半的量，看起來似乎是爸媽刻意留給我的。我百感交集，說不出話來，站著注視了一會兒，隨後才接上微波爐的插頭。

納十自動自發地迎上來幫忙，加熱過後的食物香氣四溢。

「明天會回去嗎？」

「我想要再住個兩、三天，我還想跟爸媽再相處一陣子啊，你先回去也行，從這裡去學校很遠。」

「我要跟基因先生一起走，這樣很好。」

「……隨你便。」

「提普叔叔沒有再說什麼了，對嗎？」

「嗯，就如你剛剛聽到的那樣。」

納十露出笑臉，我盯著他帥氣的臉看了看，然後扒了一口飯，見他沒有再說話，索性就先來問他問題——

「假如我爸怎樣都不肯答應，你打算怎麼做？」

「提普叔叔是個講理的人，我早就知道他會理解的。」

「才不是這樣。那他如果真的無法理解呢？我只是假設，你難道要從哪裡生出地契來說服我爸嗎？」

先前跟瓦特叔叔談的時候，納十是拿著籌碼來交易，真不知道他什麼時候偷偷計畫的，所以我不禁懷疑這個天才是不是會準備什麼籌碼來跟我爸做交易。

聽到這番話的納十笑著搖了搖頭。「沒有的事，堤普叔叔跟我爸不一樣。」

「嗯？」

「如果我拿任何東西給他，那我豈不是把堤普叔叔當作是一個可以用其他東西交換兒子的人了嗎？」

「……」

「我的想法跟堤普叔叔是一樣的。」

「……」

「基因先生比任何東西都要來得有價值。」

數到二十六

「基因先生。」

「……」

「基因。」

「嗯。」

啵！

「再不醒來我要把你抱起來非禮了喔。」

「唔……」我輕聲嘟囔，感覺到臉頰被用力地戳了一下，這才慢吞吞地睜開眼睛。面前的模糊景象是被雨水打溼的車子擋風玻璃，我把臉朝右邊一看，那張俊俏的臉正衝著我露出淺笑，我佯裝臭臉地用手推開他寬厚的肩膀。

「到了嗎？」

「對，要先在樓下買什麼東西嗎？剛剛有說想要吃甜點不是嗎？」

納十幫我複習一下記憶，我立即殷勤地點了點頭。「買買買。」

納十摸摸我的頭，把車子熄火，取出錢包下車，我連忙跟上去。我聽見滂沱大雨打在地板以及屋頂上的嘈雜聲，納十從家裡開出來的那臺超高級跑車也溼淋淋的，幸虧停車場與通往 Maxvalu 的路上都有建築物遮蔽，因此不用冒著被大雨淋溼的風險。

我在老家住了一個星期，比之前待得都還要久，就連媽都說看膩了我的臉。今天吃過晚餐，我才決定要約納十一起回公寓。看那個孩子於大學、劇組還有老家之間往返，如此舟車勞頓，不禁替他覺得累。

我的爸媽與納十的爸媽，都不再繼續追究我跟納十的事情了，雖然有幾次納十到家裡找我，當他坐得離我很近，或是進到我的房間時，就會被爸睥睨的眼神施壓，不過他也沒有多說什麼。

至於最後一個知情的杰普哥，好一段時間都是皺著眉頭，僅僅是點了點頭，沒有任何詫異的表情；只是每一次碰到納十，他就會不斷詢問對方怎麼有辦法喜歡上他那笨笨的弟弟……存心跟我過不去。

至於納十會出演我的電視劇作品，沒有人表現出特別訝異的態度，或許是因為我和納十交往這件事，已經先讓他們吃驚過了。

「基因先生，買太多了。」

「沒關係，有錢，這個也要。」我又拿了包焦糖爆米花塞進納十提著的塑膠籃裡。

「這是最後一包了喔，這些足以令你腮幫子鼓起來。」

「我的臉頰只能夠壓在你的頭上，這真是太神奇了。」我撇嘴。

接著我的臉頰又被捏住。

我們提著一大袋點心回到公寓裡，我一脫下鞋子，就以迅雷不及掩耳的速度衝到沙發上坐下來，很積極地拿起遙控器打開電視，另一隻手翻出一包點心拆封。

「做什麼那麼急呢？還有三十分鐘，先去洗個澡比較好。」

「也好。」我坐著思忖了下，然後同意地點了點頭，快步上前拿起一條浴巾走進浴室。

因為既興奮又急躁的關係，我相信我花不到十分鐘就開門走出來了。

我穿戴好睡衣，坐定在原來的位置上，從開啟的臥室大門那邊傳來了蓮蓬頭的水聲，納十在我洗完澡之後就接著進去洗了吧？

今天是……電視劇第一天開播的日子。

我是興奮了點，因為已經等很久了。我瀏覽推特，發現也有一大票觀眾在等待。我從袋子裡抓了一把食物，目前放映的節目終於結束了，又過了一下子才跳出年齡分級警示的畫面，我緊忙拿起手機錄影。

配樂響起，搭配著被剪輯過的電視劇片段，看到納十穿紅色制服裝扮成肯特的模樣，我就忍不住笑了笑。當畫面裡出現笑得很可愛的邇頤時，我也嗤嗤地輕笑了起來。

「基因先生。」

「吼，等一下、等一下。」我趕緊回頭輕聲說道，按下停止錄影鍵，深怕納十的聲音被錄進來。

「為什麼不擦乾頭髮呢？」

「等一下就會乾了，快點來看，要開始播放了耶。」

納十不太感興趣地應了聲，走回房間內。我再次轉回來盯著螢幕，手指點進ＩＧ，把剛剛錄製的短片上傳。

Gene_1418：（影片）來嘍！

89個人按讚。

觀看留言，總共有35筆。

7分鐘之前。

訊息才發布不到幾分鐘就有人回覆了，我的眼睛往返於電視以及手機螢幕之間，看到有很多人留言感興趣，忍不住想要回覆他們。

fern_felicatustus：我也正在看耶，好興奮，十超帥的，基因哥～

（回覆）Gene_1418：作者也很帥呀。

Erdg____14：基因哥為什麼要笑？哈哈哈哈哈。

（回覆）Gene_1418：因為演員弟弟很可愛啊。哈哈哈。

BrinBbBo：基因哥好可愛，可以親你的頭一下嗎？我會啾啾啾用力地親你的。

（回覆）Gene_1418：我還沒有發布自己的照片呢。

Parawalee・nungning：誰跟我一樣聽見有人小小聲喊基因的名字嗎？聲音很耳熟啊，是不是？誰來幫我聽聽看。

（回覆）SupakitTT：沒有錯，但是他就住在隔壁啊，不奇怪。

（回覆）Jamesiri364@son_99：你～～～這個聲音、這個聲音、這個聲音，你開鬼船了，畜生，基因無動於衷的，沒有其他人啊。

看到最後一則留言我都不曉得該怎麼回應才好了，按下回覆鍵之後沉吟了許久，完全沒有頭緒。如果跳過留言不回應會很令人討厭，因為我從第一則留言開始都有回應大家。

都是那個「臭小子」害的啦，什麼時候不喊竟然挑那個時候……其他人的耳力真好。

當我正思考著該如何反應才好，一條柔軟的毛巾驀地放在我頭上，有一雙厚實的大手拿著毛巾替我擦拭，我一抬頭仰望就發現一個高個站在我後方。他也正低著頭俯視我，性感的嘴唇揚起一邊。我們直勾勾地凝視著彼此，我抿著嘴，不知道該做出什麼樣的表情才好。

「你到底是想要看電視還是玩手機呢？嗯？」

「看電視。」我回答。播放的配樂剛好結束了，鏡頭先是把場景帶到大學裡面，隨即轉向受方男主角的臉上，我見狀指著說：「邇頤，你朋友耶。」

納十輕輕地噗哧一笑。「我知道。」

「等一下男主角就會出場了，超壞的！真不曉得是誰？」說完這番話之後，我就側身朝他的臉望去，笑著想要調侃他，看他會不會害羞，卻忘了這個被調侃的人，其臉皮的厚度是我望塵莫及的。

「說得也是，真不曉得是誰寫的？」

「……」

渾小子。

「腮幫子鼓起來了。」

我哼了好大一聲，轉回來邊盯著電視螢幕邊吃點心，不去理會納十，任由他不停擦拭我的頭髮。我興致濃厚地看著電視劇，反觀納十則是一副興致缺缺的樣子。

處理好我的頭髮，他又走回臥室裡面，直到我扯著喉嚨叫他的時候才走了出來——因為他放在桌上的手機震動了起來，上頭顯示著達姆的名字——隨後他就消失去談公事。

當他再度坐回沙發上，正是片尾曲播放至下一集預告的音樂結束時。

「你好像對電視劇不大感興趣，要等著看重播是嗎？」

納十搖搖頭。

「喔，是你自己演的，怎麼不看啊？」

「等著跟我男朋友一起演，那個時候我會目不轉睛地看的。」

「你男朋友……」我挑高了眉毛，眨了眨眼。

不正是我嗎？

「搞笑。」

納十微笑，伸出大手牽著我的手，然後站了起來。「很晚了，該回房間抱抱睡覺了。」

「睡覺，但是不准抱。」

Gene：所以是四點結束嗎？

Gene：結束之後告訴我喔，我正在外面找石頭那傢伙。

Gene：（發送圖片）

我發送完 LINE 訊息以及圖片之後才將車子熄火，打開車門走下去。一旦沒了舒適的冷氣吹送，皮膚馬上感受到熱氣。我不由自主地瞇起眼睛對抗強光，拿出太陽眼鏡戴上，然後快速地移動，一路上在遮陽棚還有建築物底下交錯閃躲，以最快的速度抵達冰淇淋可麗餅複合式咖啡店。

當我拉開大門的時候，風鈴撞擊玻璃的聲音響起；一看見熟悉的身影正殷勤地招著手，我就直截了當地走過去。

「這次約的地點也太遠了吧。」

我拉下太陽眼鏡。「抱歉，剛好我等一下還有其他事情。」

「所謂的事情是要去找我最心愛的納十對吧？」

我正要去拿菜單的手停滯在半空中，我扭頭去看石頭，發現那傢伙的表情還有嘴巴特別地惺惺作態。

「哼，這個表情，敢情是被我猜對了！」

「你是怎麼知道的？」

……在這之前我還沒有確認最新訊息。

昨天傍晚，我躺在床上滑著手機，要入睡之前，石頭就發訊息過來說要約今天見面談公事。事實上，原本是布娃姊要和我聯繫，好巧不巧她有事情而請了很多天的假，怕來不及交代，因此和我最要好的助理石頭理當得負責接手這件事情——當然不外乎是要談我手上這份初稿，以及書展的事情。

我把石頭當作弟弟勝過於照顧我初稿的助理，通常他得自行到我家找人，但是我現在大部分的時間都待在納十的房子裡，懶得把個人物品搬來搬去，多不方便啊，最後才決定約在咖啡店見面。

這間咖啡店離納十的大學不遠。

記得納十昨天說過，今天早上需要拍戲，然後還得從中午一直上課到下午四點，因此我建議他早上請達姆過來接送，等他放學的時候，我和石頭談完工作順道過去載他，一起去吃個飯後再回公寓。

「因為我同時有追蹤納十還有哥的ＩＧ啊。」

「就只是這樣啊？」

「別人或許以為你們住在隔壁，但我可算得上是局內人呢。」他抬起手拍了拍胸脯。

「……」

「該死的基因哥，那可是我的納十啊！」

「你直接拿去吧。」

「居然這樣說，我搶走後就不要後悔，先聲明。」

「你真的很煩哎。」我抱怨完後，打開菜單向服務生招招手準備點餐。

石頭看我的反應不若他預期的那樣，露出一臉無趣的表情。

「好啦，好啦，進入工作模式了。會約見面當然是因為哥的初稿嘍，故事的主要內文，哥已經完成了對吧？」

「嗯。」

我的第二本ＢＬ小說在老家的時候就完成了，但是我對外一直保持沉默，並沒有卸下重擔的愉悅感，主因是因為還沒有寫特別篇。初稿若是沒有寫特別篇，就算是還沒有完成。

我猶豫不決到底該增加幾篇特別篇才好。

「哥打算安排幾篇特別篇？」石頭不偏不倚地問出我正在思考的事情。

「如果是你，你想要讀幾篇？」

「五或六篇嗎？哥，這樣恰恰好。然後還要規劃一下，特別篇也必須要有一些性愛場景，哥要不要分兩到三個章節來寫？」

「就那種場景要寫到兩個章節啊？」

「沒錯、沒錯，不錯吧？如果來得及在這個月的十八號之前完成，哥的初稿才能趕得上書展，時間要抓得很精確，總編輯也想要讓哥的書能在書展上至少展示個一本。喔！另外聽說《無數的詛咒》要再版了。」

「真的嗎？」我睜大了雙眼。

倘若出版社幫我再版那本驚悚小說，我保證能士氣滿滿地繼續寫很多這類型的小說。自從我開始寫ＢＬ之後，累積了非常多驚悚小說的情節以及素材。

坦白說……在不停寫作的過程中，我越來越能夠接受男男戀愛類型的創作，除此之外，對同性戀也產生了不一樣的視角。不只是男人愛男人呀！女人與女人之間的愛情也是一樣，雖然現在著作的內容偏向大眾化，不過我想，未來或許會有人動筆寫一些反映生活與社會的內容。

嘗試著手以前不擅長的事情，才能為自己帶來不同的經驗嘛。

「我會再發LINE訊息通知好消息，還有就是……」

「就是？」

「如哥所知道的那樣，關於特別篇，編輯吩咐哥端出絕頂美味可口的來。」

「……」

「別擺出那種表情嘛，很稀鬆平常的事吧，因為是特別篇呀，場景當然得特別升級啊。」

「好啦，好啦，我會盡快想辦法把這件事情了結的，如果能趕在十八號之前完成，我才有時間去做其他的工作。」

「可以，完成後就先發過來吧，哥。」

我點點頭。

「嗯，還有就是……出席書展的事情，哥會出席的吧？」

「還不清楚。」

「去啦——如果有新書展出，無論如何都應該要參加一下啊，就算參加一天也好，把納十帶到書攤也可以，保證前來購買的人潮會絡繹不絕。」

「拐彎抹角的，你只是想要看納十吧。」

石頭嘟著嘴，但是下一秒就眨著亮晶晶的眼睛向我懇求。「就滿足一下我這個弟弟的願望好嗎？」

「不要，如果納十出席，會有一堆人跑去跟他要簽名，不會找我簽名。」

「為什麼哥要這樣子嫉妒自己的男朋友呢？」

我翻了個大白眼，不予理會他的話，反問：「你等一下還要去哪裡？回出版社嗎？」

「不是的，哥。我和另外一位年輕作家有約，嗯，時間也快到了，怕開車過去會來不及。」

「嗯，那你快點出發吧。」

「吼——趕人了。」

石頭嘮嘮叨叨一大堆話，見我無動於衷，他才舉手認輸，作勢要叫店員來結帳。我朝他揮了揮手，說等一下交給我處理，石頭黯然的神情頓時明亮許多。

等石頭的身影消失在視線範圍後，我把注意力轉回自己的漂浮冰咖啡上。一個人獨處的時候就顯得安靜，我拿出手機滑動，第一眼就看到納十在二十分鐘前發送了 LINE 回覆訊息。

nubsib：（發送貼圖）

微笑的浣熊貼圖？

什麼鬼！是想表達什麼？我不是叫他下課後通知一下的嗎？

剛才我只顧著跟石頭聊天，所以才沒有及時回覆訊息。一想到納十在二十分鐘之前就下課了，我不禁焦急了起來。我舉起手，想要要呼喊櫃檯後方的服務生，卻被某個人早一步握住。

我嚇到差點就要把手甩開了，但是一看到身形修長的對方就停下動作。

「十？」

那隻手移過來在我的臉頰上輕輕地捏了一把。

「是我。」

「你……」我眨著眼睛，呆滯地看著他。「你是怎麼知道我在這邊的？」

「基因先生發送照片給我的不是嗎？」

「我拍的是那邊的路，這樣你就知道我在這家店啊？」

「這一帶離我的大學很近，看一眼就知道了。」他淺淺地笑著。「再說……這條巷子裡只有一間甜點店。」

納十移過來坐在我的旁邊，有位女服務生非常積極地上前想替他點餐，但是納十卻搖搖頭，灼灼的眼睛環顧四周一圈。

「石頭哥回去了嗎？」

「嗯，在你來的前五分鐘離開。」我一說完，吸了好幾口飲料。「你呢，才剛下課，肚子餓了嗎？」

「我沒有關係的。」

「那麼就先回去吧，啊，幫我喝一下。」

納十盯著我推過來的杯子，微微挑著眉。「有人餵嗎？」

「沒有，自己喝。」

「如果基因先生不餵，我就不喝喔。」

我把杯子移回來，不大高興地說：「那就不用喝了，不覺得可惜就你付錢，幫石頭的也一併付了。」

納十失笑。我本來以為他會繼續戲弄我一下，結果他竟然乖乖地掏出錢包。

「沒問題，男朋友就算要再喝十杯我也願意付錢。」

「……」

臥室裡只有微弱的燈光，來自床頭的檯燈。

我聽見耳機裡傳出的輕柔音樂以及蓮蓬頭灑下來的水聲，瀏覽過一張淡黃色便條紙上面的字，食指跟著音樂的節奏輕輕地敲著書面，偶爾因為在想事情而停頓。

在外面吃過晚餐後，我回到家做的第一件事情不是像往常一樣懶洋洋地躺著看東看西，而是先去洗了個澡，洗完後走到書櫃前翻找出編輯之前提供的書籍。我選了兩、三本拿進臥室，靠在床頭屈膝閱讀——至於現在在浴室裡的人，當然就是納十嘍。

昨天下午和石頭談論過目前這份ＢＬ初稿的特別篇後，他扔了一顆震撼彈給我，說出版社會再版我的驚悚小說，為此我充滿了鬥志，格外地想要撰寫這類型的初稿來回應自己的慾望。不過無論如何都得先把手邊這份完成，我想要盡快寫完特別篇，決定從最難的一幕開始著手——自然是性愛場景了。

如同他人所知，這類場景我都是從小說中得到靈感，偶爾看看動漫，但是ＧＶ我則敬謝不敏。我不會直接複製別人的作品，只會從不同地方蒐集資料當成知識庫。布娃姊一直在說性愛場景必須寫得美味可口，為此我想結合實際與想像的場景來安排特別篇的性愛部分。

我也明白實際的場景更能夠促使讀者感同身受，可是讀者們有時候也許會想要讀一些新奇的內容。

「Naoto 不停扭動著身體，被碩大的玉柱不停歇地撞擊，他閉起迷亂的眼眸，但是一聽到壓在身上的人發出沙啞的輕吟，就忍不住睜開雙眼。他看到自己的身軀被昂起，因為痛楚的刺激而晃動著，心臟宛如要被撕裂了一樣。他想要伸出手去抓握，但是手腕卻被緊緊地箝制住，因此無法如願以償。

「嗯……在裡面不斷地抽插，做得像是在強暴一樣會比較有感覺嗎？」

「幹！」我渾身一震，當那段羞恥的內容被朗誦出來，我用雙手飛快合上書籍。

那個洗完澡的人不曉得是什麼時候擠過來的，嘴角掛著一抹笑意。「喜歡這種的嗎？」

「這……這種？」

「綁。」納十細長的手指伸過來，在我手腕上輕輕地摩挲，彷彿是蓄意在戲弄我。「我的基因先生是被虐狂嗎？」

「才不是咧！我只是在讀資料，純粹打算運用到寫作上而已。」

「又是性愛的場景嗎？」

我覺得有些彆扭。「就……如你所見。」

由於我通常只會卡在這種劇情上，必須花一些時間研讀資料，所以納十每次看到我陷入困境，都是因為這些性愛場景的緣故。

「需要我的協助嗎？」

又來了……這個情況很熟悉呀。

有鑑於此，我趕緊搖頭回應對方。「完全不需要，這一次我不想要寫得太過逼真。」

納十微微地發出惋惜的聲音，聽起來超級不正經的。我伸手推著他厚實的肩膀，要他離遠一點，耳邊忽地響起他愉悅的輕柔笑聲。他願意向後退，但是不肯離得很遠。

我被如此戲弄，不由得拉長了臉，繼續打開書本又讀了好幾頁，可是手機的筆記本應用程式依然一片空白，我仍舊找不到適合兩位劇中角色的類型。最後我嘆了口氣，決定先將書合上，將它們整齊地放置在床頭櫃上。

當我翻身，卻發現納十炯炯有神的雙眸正緊緊地盯著我，頓時愣了一下。

「怎麼還沒睡？還是檯燈的亮度讓你不舒服？」

納十笑而不語，朝我招了招手，我見狀只有傻住的分。

「有什……唔！」

我的聲音瞬間消失在喉頭，圓睜的雙眼看見納十濃密的眉毛與高得令人嫉妒的鼻梁就在眼前，嘴巴觸碰到這個人柔軟又溫熱的嘴唇。

我立刻緊咬住牙齒。

沒來得及防備，我的下唇感覺到輕吮的力道，不一會兒，被舔舐得到處都是的溼潤感鑽了進來。納十見我緊咬著牙齒死命抵抗，手掌溫柔地托在我的臉頰以及下頷位置，當他換了一個角度，我們之間反而越發地契合，我因此在不知不覺中鬆開牙齒。

滾燙的舌尖侵入成功，先是和我的舌頭交纏在一塊，隨後肆意地挑逗著。

「納……」

納十頎長的身軀和我分開來，就在我正準備開口訓斥他幾句時，頓時感到一陣天旋地轉。

我們原先是面對面地坐在床上，現在則變成我的背部還有臀部分別抵在納十的胸口以及大腿上，腰部被他強健的手臂牢牢地鎖著。

我全身僵硬，當我感覺到他把嘴脣貼在我耳朵後方時，脖子不由得縮了一下。

「十……十，你要做什麼啊？」

「當然是幫基因先生寫性愛場景啊。」

我的雙眼睜得又大又圓，卻還是犯蠢地開口問他：「等等，怎麼幫……」

「就……」

納十說了一個字就打住了，我感覺到他溫熱的鼻息噴在肌膚上，渾身起了雞皮疙瘩。

「等一下……唔。」他炙熱的舌尖在我的耳垂上舔舐，來回輾磨，隨即逐漸往下滑到脖頸與鎖骨上。大腦原先想下令讓我快點張開嘴巴說說話，不過卻有一陣奇怪的感覺鑽了進來，逼得我只能用牙齒咬著下脣。

我穿在身上當睡衣的圓領汗衫被撩了起來，納十滾燙的手掌鑽進去探索，每一寸的滑動都會讓我感到癢癢又刺激。他的指尖搭在我的腰上輕輕按壓，彷彿是在按摩，可是感覺又不大相同。突然之間，我的胸前感受到陣陣空調冷風的刺激。

「咬著。」納十在我耳邊呢喃低語。

他把衣角拉到我的嘴邊，我困惑地望著他，搖著頭想要拒絕，卻被迫咬著衣角——因為納十把拇指伸過來，不停地輕壓著我的下脣。

臉頰染上一抹紅暈，因為這副模樣令我感到很羞愧也很奇怪。

「啊……唔。」

納十把手抽回來，再次覆蓋在我裸露的肌膚上，他撫過肚臍向上滑動至胸口的位置，用手指輕輕地勾弄。我縮了一下，隨著他指尖有意無意地揮過我兩邊敏感的乳蕾，身體不由自主地顫慄起來。

又硬又短的弧形指甲挑逗似的搔刮，當他改用手指揉動與拉扯時，我驚叫出聲，小腹一陣緊縮，身體忍不住向前延展。

「唔！」

啾！

「這樣子可以嗎？」

我搖了搖頭，牙齒把衣角咬得更緊了些，聽見納十粗啞的嗓音近距離地在耳邊迴盪——

「如果不喜歡，為什麼會露出這麼色情的表情呢？」

「……」

「像剛剛的小說那樣做，要嗎？想要被綁嗎？」

「姆，啊……」

面對此刻的情緒，我的眉毛不曉得是要皺起來還是要高高揚起，只知道眼前的畫面有些模糊了，眼裡彷彿湧出了溫熱的水氣。

在這之前我不是好端端地在讀著小說嗎？為什麼會……

我穿著寬鬆舒適的睡褲，鬆緊帶的褲頭被拉開來，坐在身後的納十一發現縫隙，竟然將手滑進去。我能感覺到性器被他握在手裡，在感受到這份熱度的當下，腿部肌肉不禁變得僵直。

納十放在我雙腿之間的手，有意無意地使力揉壓與拉動，當他開始移動手掌，我就忍不住想要將雙腿夾起，卻被牢牢地固定住。

他的嘴唇貼在我的頸脖上吸吮著，不過我能夠感受到他迷人的視線穿過我的肩膀，落在他伸到前面的手上，即便它被隱藏在褲子裡。

褲子並沒有被拉下來，我只能看見底下正在進行的動作，但這樣反而更令人羞恥。

我的腹部緊縮，不曉得是從什麼時候開始有感覺的，不過隨著摩擦的節奏與溫柔的揉壓與拉動，我的腳趾頭先是緊繃地向下施壓，緊接著使力抵在床上。

「啊……啊！」

「……」

「我……」

含在嘴裡的衣角被拉了出來，我努力地抑制住聲音，緊閉雙脣，但是喉嚨卻還是滲出悶哼，我忍不住使勁地抓住納十的手臂。

過了一陣子，他突然中止一切動作。

就像是一直駛在上頭的雲霄飛車突然間靜止不動，我緩緩地睜開眼睛，眉頭緊蹙地露出困惑的神情。

「納十……」

「如果只有你一個人舒服也太詐了。」

我扭過頭去想要看到納十的臉，臉頰卻被他高挺的鼻梁抵住，用力親了一口。此刻的我像是魂不附體，納十放在我肉柱上面的手很燙，那裡幾乎要被融化。

我壓抑地微微動了動身體，想做些什麼事情來消除這份鬱悶感。

「十。」

「……」

「唔……」

「想要我繼續做嗎？」

「……」

「嗯？怎麼樣？」

「不……不知道。」

「那你移過去幫我拿一下潤滑液，在那邊的抽屜裡。」

我順著他另外一隻手所指的方向看過去，憋在身體裡的情緒幾乎逼得我無法思考，納十說什麼我都會乖乖照做。我伸出手打開抽屜，看見裡面有好多條潤滑液，我抓起其中一條，當下覺得指尖有些顫抖，即便認為我已經抓牢了，但是在送到納十手中之前就先掉下去了。

納十及時伸手接個正著，隨即發出一陣笑聲。

納十把我抬起來轉身面對著他，我的雙腿跨騎在他的大腿上，彼此的性器毫無空隙地靠在一塊，我能感受到納十的慾根也在發脹。

他騰出一隻手把我的褲子拉到大腿處，就在我裸露的當下，思緒彷彿也稍微清晰一些。

「把身體抬上來一點。」

「等等，這是……」

我正準備要向後退開，卻被一雙壯碩的手臂困住，我還來不及思考，就先感受到潤滑液的冰涼黏膩感，納十抓握著我性器的手又再次使力動了起來。這一次在溼滑的觸感加乘之下，感覺又更怪異了。納十空出來的另外一隻手繞到我的臀部後面，摩挲著大腿內側。

「納……啊！」

趁著我脆弱的肉刃被玩弄的間隙，後穴沒有防備之下就被手指按壓了進去。

就算之前我們已經有過這種親密接觸了，可是我依然不習慣。

「不要出力，夾這麼緊我就無法移動了。」

「你……」

納十毫不理會張口欲言的我，抽動著手指在內部探索，似乎是想幫助我放鬆下來。我的後穴一片溼意，想要抬起身體逃避卻無法如願。

「啊！」

我能感受到手指的翻動與反覆挖弄，光是這些動作就讓我忍不住將雙臂纏繞在納十的脖子上。當我前面的性器被玩弄時，想要克制自己發出呻吟變得更為艱難。

那個地方……

納十低下頭把嘴唇貼在我的胸部上，一邊吸吮一邊用舌頭一遍又一遍地輕柔舔舐，再加上手指絲毫不客氣地抽動，接二連三地將我攻陷。

我緊握住拳頭，一瞬間身體痙攣了，最後才意識到自己射出來了。我低下頭，除了看到溼潤的黏液之外，還發現自己的性器依舊是硬挺的狀態。

「那麼有感覺啊？」

納十面帶笑意，我還在混沌之中，他卻冷不防地把手從後穴裡抽出來。

面前這個人傳遞過來的眼神看起來有些黯淡，但又充滿各種複雜的情緒，太奇怪了。他彎下身靠了過來，隨後和我的嘴唇再次碰在一塊。

一隻手掌反覆揉著我的臀肉，冰涼滑膩的潤滑液再次被擠了出來，部分流到大腿上，我的汗毛瞬間豎起來。後方的徑道被輕柔地愛撫著，納十的手指時不時淺淺地插進去，彷彿蓄意戲弄著。

接著，他的手換了一個位置，順著我的肌膚緩慢地按摩，與此同時我感受到比手指溫度還要高的物體逐漸靠了過來，起初只是貼在那裡，後來就開始來來回回地磨蹭。我緊閉著雙眼，感覺到自己壓在床上的膝蓋抖動著，納十用嘴脣輕啄我的臉龐。

「要試著自己做做看嗎？」

「……」

「慢慢的……」

我的大腦宛如停止了轉動，緊閉著雙脣。納十滑到我腰際上的手，似乎是想要協助引領我緩緩地把身體放下來。

「唔……」

和我交合在一起的瞬間，逐步滑進來的龐然大物先是停頓了一下，接著繼續挺入，直到無法再塞得更裡面為止。原本支撐住我身體的納十，就在那一刻抱住了我。我盡量忍耐不讓自己叫出聲來，但是整個身體越是乏力，重量就越直接地壓了上去，能感受到進入體內的東西所帶來的刺痛感與深度。

「痛嗎？」

我幾乎要聽不進去了，但還是搖了搖頭回應對方。

「那就自己扭動吧。」

「……不要。」

「害羞嗎？」納十戲謔道，同時輕輕地動了動腰部，放任插在我體內的物體微微摩擦著。「都已經做到這裡了還會害羞嗎？這邊也變成這個樣子了。」

他用手指輕按了我性器一下。

「唔！」

納十隨即用整個手掌摩擦那裡，像是要令我越發地亢奮，直到我受不了了，繞在他壯實脖頸上的手臂忍不住收緊，緩緩地扭動屁股。

好羞人……這麼做……

「啊……嗚、嗯。」

「想叫還是想哭，選一樣吧。」

我死命地抿著嘴。

「露出這副表情……好像我正在強暴你一樣。」

「不准……這樣說……唔。」

納十笑了，伸手抓住我的腰似乎是想要幫忙支撐，我主動扭著臀部，使得他硬挺的肉棍在我體內進進出出。隨著速度逐漸加快，我的指甲也陷得更深，指尖應該會在他背上留下長長的傷口，可是他卻一點也不在乎，仍舊把嘴巴貼在我的胸部上。

情緒如同被拋到高空，被碾磨狠撞的那個地方刺激著全身神經，快感擴散到身上各個角落，身體隨著撞擊的力道在顫抖。

納十的速度越快，我眼前的景象就越發的模糊。

「基因……」

「嗯。」

納十停頓了一下，我貪婪地吸了一大口氣，差點來不及換氣。我感受到一隻大手正溫柔地撫摸我的頭，隨後我就被他往後放倒在床上。

納十抓了個枕頭塞在我的背後，他依舊盤腿而坐，我的屁股有一部分壓在他的大腿上。一旦變成這個姿勢之後，我的腰部跟大腿也跟著抬了起來，他的大東西還埋在我體內，不用說也知道這個姿勢有多令人害臊。我撐起手肘移動，但是納十一開始抽動，我又倒了回去。

「納……納……」

我緊抓著床單，很想把某種不斷飆升的感覺釋放出來，最後瞇起眼睛凝視著面前的人，潛意識支配著我開口說道：「十……抱。」

納十稍微停頓一下，他咬緊牙根，放開我的腰，緊緊抓住我伸過來的手，屈身向前靠近，我的手臂才得以纏上去環抱住他。他把臉埋在我的耳邊，手則是放在我的頭上。

他牢牢地抱著我，而我也緊緊地抱著納十，我彷彿聽見他在我的耳邊細語呢喃，由於聲音太過輕柔與粗啞，因此聽不清楚他到底說了些什麼。衝撞的力道更強，刺入得更深，都能聽見羞人的聲音以及肉體拍打的聲響。我的情緒再次被帶到高點，亢奮得忍不住將腿糾纏在他的腰上。

我逐漸感到頭昏眼花，以及流淌在體內的暖意。

當一切回歸平靜，我竟然聽見了心臟強烈跳動的聲音。

此外還有空調的聲音，以及我自己輕微的喘息聲……

最後是把臉埋在我耳邊的這個人的磁性嗓音響起——

「對不起。」

「欸？」

「晚點再一起去洗澡。」

「……」

「再來一次吧。」

我閉上的雙眸又重新睜得大大的。「等一下……我受不了了……哎！」

納十低下頭來靠得很近，我們的額頭差點就要撞在一起了。他炯炯的雙眸近在咫尺，眼裡反應出他想要表達的感受，彷彿把我也拉進他的世界裡。

「再一次……小說才能寫得出來嘛。」

數到二十七

「基因。」

「怎樣？」在床頭半坐半臥、使用電腦工作的人把小臉稍微轉過來，眉毛微微揚起，從這個角度可以清楚地看見他柔嫩的臉頰。

由於太過可愛了，我的手忍不住探過去，還差一點點就能觸碰到了，卻被一隻潔白的玉手攔截。

「為什麼要把自己弄得這麼可愛啊？」

「可愛你的頭啦！我正在工作耶。」

「是我昨晚幫忙的工作嗎？」

「納十！」他咬著牙，嘴裡迸出我的名字。「不要再說話了，哪邊涼快哪邊去。」

一看見他臉頰上有兩朵紅雲迅速地竄上來，我忍不住輕輕地笑出聲來：「是要叫我去哪裡？這可是我的房間。」

基因毫不理會我，齜牙咧嘴地朝我發怒，但是這模樣實在是太惹人憐愛了。靠在床邊的我挨過去抓住他的手，彎下身用雙臂攬住他的細腰。

基因穿了一件寬鬆的汗衫坐在床頭，我沒有鬆開力道，當我一貼近那具嬌軀，逼得他向後倒在寬大的床上時，我立即壓在上方，但是並沒有把全身的重量都放在他身上。

我把臉逐漸接近那張傻愣的臉，他則是不停地揮動雙臂。

「嚇！這是在幹什麼？快點起來，臭小子！」

「抱歉。」

「……」

「情不自禁。」

其實我並不想要打擾基因，可是一走進臥室發現他坐在那兒盯著螢幕，時不時變一下臉色，我實在是忍不住啊。

見他愁眉苦臉的，我打消了繼續捉弄的念頭，不過並不想馬上離開他身邊，用力地抱了他好一段時間。

因為這個可人兒太過可愛了，我想要好好疼愛他，所以在發生性關係的時候想要讓他感受到最大的快樂，結果卻不小心把他弄哭了。他的臉蛋潮紅，圓圓的雙眸瞇起，我想聽他哭得更久一點，感受再深刻一些，於是整個做愛的過程得壓抑自己不能太過粗暴，不能依循本能做得太激烈，不可以太衝動造成他的疼痛。

想到這裡，我不由得端詳起基因的小臉，緊接著望向他細長的脖子。一看到那裡到處都是粉色的痕跡，我不禁露出淺淺的笑意，手指溫柔地在上面愛撫。

假如無法詔告天下這個人是我的，那我真想要一直抱著他，或者是關起來不准任何人看到他的臉。

「十。」

輕柔的呼喚使得胡思亂想的我回過神來，拉回視線，再次凝視那對圓睜的大眼。「怎麼啦？」

「你要……」

嗡嗡。

我的眉頭瞬間打了個死結，手機震動得很不是時候。

被我困在身下的人自動地調整姿勢，原本放鬆的手竟然再度出力推開我，這次表情比先前要來得嚴肅，我只好認命地起身去拿手機。

「喂。」

「為什麼聲音聽起來這麼冷淡啊？我是選錯時間打過來了嗎？」

「知道的話，為什麼不在我接聽之前就先掛斷電話呢？」

「啊，好，等一下我馬上掛，我講一下夏季拍攝的事情就好。」電話另一頭如是說：「結論就是這個月的六號喔，地點在麗貝島，機票還有其他東西我都幫你跟對方談妥了。」

「謝謝，但是要麻煩你幫忙多訂一個機位。」

「咦？是幫基因訂的嗎？」

「是。」

「ＯＫ，等一下幫你處理。那就先這樣，請放心繼續做剛才被我打斷的事情吧。」

達姆哥不到一分鐘就掛上電話，我把手機放回原來位置，轉過去望向坐在床上的人，發現基因也在看著我，或許是聽見了達姆哥隱約傳過來的聲音。

「你要去麗貝島呀？」

「對，基因先生也要一起去。」

基因睜大了雙眼。「我？我為什麼要去？你不是去做拍攝工作的嗎？」

我笑了笑，把手放在他髮絲柔順的頭頂上。「我又不是一整天都在拍攝，就一起去吧。」

「……」

「不想要去海邊玩水嗎？」

「海邊……」他細語呢喃。「……其實，我很懶得出門，但還是去吧。」

那張小臉的神情與平靜的語氣似乎是不太情願陪我去，但是那雙通常無法隱藏住內心情緒的直率雙眼，此刻卻閃閃發亮。

我仍舊止不住笑意，注視對方的同時，把他的模樣全收錄在腦海裡。

「又有人偷拍我和你在片場的照片然後拿去大肆宣揚了。」

「……」

「我要吐了我。」

「……」

「為什麼和我配對演出的不是那個傻裡傻氣、樣子非常可愛的人呢？」

我用眼角餘光掃了下一旁的這個人——他托著下巴，表情不屑地玩著手機——接下來我回過頭，繼續專注地盯著手中的資料，這是今天必須演出的劇本。

耳邊時不時傳來邇頤令人感到不耐煩的抱怨聲，但是我不想放在心上。

「哈哈哈哈。」

「你去坐其他地方，滾，吵死了。」最後我連看都嫌懶地和他說道。

是我先坐在這個地方的，邇頤則是臭著張臉主動走過來坐在我旁邊。若不是製作人拜託我們進行宣傳的任務，我們幾乎不會靠得那麼近。

我的眼角瞄到邇頤舉起中指，或許是以為我沒有看到，不過後來似乎是想到什麼事情，他才把臉轉回去注視手機螢幕。

「我突然爆笑出來你別不開心，剛剛有個可愛的人回我 LINE 訊息了。」

「可愛的人」這幾個字成功地吸引了我的注意力，智慧型手機螢幕上顯示的畫面是某個人的 LINE 聊天室，光是瞥一眼我就能知道對方是誰。我迅速地瀏覽對話內容，接著瞇起雙眼，嘴角微微上揚。

「那就期待某個人的男朋友會發送自拍照給你……」

邇頤一看到我的神色之後，愣了一下。

「很閒是嗎？」

「對，老子很閒。」邇頤聳了聳肩，燦爛一笑，拿回手機專注地繼續打字；但是我才剛收斂起笑意，他就立刻站起來。「喝太多水，想尿尿了。」

見他趕緊逃離現場，我就不再追問他為什麼要發送訊息調戲我男朋友。

基因跟邇頤聊 LINE 的事情我多少是知情的，我知道基因雖然會跟邇頤聊天，但是沒有其他不應該的想法，因為他是一個很善良的人，只要有人恭維地跑過去找他，他就會很高興。基因的傻氣，使得別人在和他說話的時候無須去猜忌聽到的每個字到底是真是假，這個可愛小生物的存在，是為了使周遭的人能夠露出笑靨。

邇頤和我的感覺應該是一樣的，所以才會想要跟他聊天。

基因並不是因為外在的樣貌吸引別人喜歡上他，而是他真誠率直的個性。

一想到待在房間裡的那個人正在打字回覆邇頤的 LINE，我輕輕地嘆了一口氣，一股濃濃的醋意竄上胸口。

我冒出一個可怕的想法，除了我以外，不想要基因去關心別人，就算只是熟悉的人、朋友，甚至父母……

「小十弟弟，姊可以打擾你一些時間嗎？」

一位導演助理的呼喊聲把我從晦暗的小小黑洞中拉了出來。

「嗯？」

「剛好時間表有異動，但是並不會耽誤到你們的工作，只是會在兩天後的週三以及週四各增加一個鐘頭而已。」

「……」

我接過調整好的行程表。

「如果跟著這個行程走，預定十九號就會結束拍攝，至於閉幕Party應該會在二十號晚上舉行。這樣的行程安排，納十方便嗎？畢竟事出突然。邇頤那邊是沒有問題，因為學期結束了。邇頤跟納十在同一所大學就讀吧？不過賽莫那邊有些問題，時間和他的其他工作撞上。如果不方便沒有關係的喔，姊會再重新安排順序。」

「沒有關係，我沒有接其他工作。」

聽到我那樣回覆，她就放心地點了點頭，請我把那張紙收好，然後才告辭去做其他的事情。

十九號拍攝完成之後我就沒有其他工作了，而且學期也快要結束了，假期會一直放到明年一月中。

我再度審視手中的行程表，腦子裡浮現出許多旅遊景點……

我盯著這位「懶得出門」的人，揚起嘴角笑了笑。

從飛機到小巴士上，基因一直是睡眼惺忪的，但是當我們一感受到海風，他的眼神便迅速變得很明亮。我把行李拖到房間裡，十分鐘之後，就看到基因從旁邊的屋子裡走出來。他戴了太陽眼鏡，穿著短褲、夾腳拖鞋以及夏威夷襯衫，手上還拿了裝有防晒乳與手機的防水塑膠袋。

他經過草場之後，我向前推開玻璃門，率先出聲和他打聲招呼——

「你要去哪裡呢？」

基因愣了一下，一發現是我之後就歪著頭說：「啊，你不是要去工作嗎？」

「我是要工作，但是基因要去哪裡？嗯？」

「玩水啊，我已經有發 LINE 訊息跟你說了喔。」

見他不自覺地露出興奮的表情，我就晃了晃頭。「再等一會兒，陽光沒那麼強的時候比較好吧？」

「我有防晒乳。」

「但是沒有我。」

「……」

「先等我一下嘛，下午五點就拍完今天的工作了。」

基因的表情非常扼腕，嘟噥地抱怨幾句，不過最後還是非常可愛地乖乖聽了我的話。

因為是和拍攝團隊以及雜誌社的團隊一起過來的，有鑑於得和工作團隊住在同一家飯店裡，我和基因無法同一間房，所以才拜託達姆哥跟這家四星級飯店訂了兩間房。大家都知道我是誰，當工作人員到房間找我的時候，就得請基因帶著行李箱先和達姆哥待在同一間房裡，到了傍晚的時候再搬回來住。

一想到這裡，我不由得嘆了一口氣，為這段無法公開的關係感到鬱悶至極。

我放基因一個人先到前面去坐著拍照休息，在收拾物品的時候我把房門敞開，確保能夠聽到他的聲音，讓他一直待在視線範圍內。

「臭十，好了沒？喔？臭基因，不是說要去玩水嗎？怎麼老是在這邊拍照？」

「還不是因為你家的孩子。」

「喔！哈哈，要不你先跟我們一起去吧？拍攝完之後再玩。」

「要去哪邊拍攝啊？」

「在日出海灘，因為得拍日出的畫面。也好，這裡的人潮比芭達雅海灘少，此外……」達姆哥眼角瞥了鎖上門走出來的我一眼。「還有人付錢，讓我可以免費一個人住在這間貴得要死的海景飯店。」

「……」

「雖說是拿我當障眼法，推說是基因的朋友住，但還是非常感謝我們十老爺。」

看了伸手過來拍我肩膀的這個人一眼，我對他露齒一笑。「那晚一點再幫基因把行李箱拿到這個房間吧。」

陽光的強度正舒適，我們一抵達飯店前方、被工作團隊租下來的海灘區塊，攝影團隊固定合作的造型師立刻前來邀請我過去。因為得工作好幾個鐘頭，所以無法一直待在基因身邊陪伴，我託付達姆哥照顧他，不忘叮嚀那個拿著手機四處張望的人。他一看到螃蟹就拍螃蟹，一看到椰子樹就拍椰子。

見到這個懶得出門的人這麼興致勃發的模樣，我不由得笑了出來。

這次的雜誌拍攝並不是拍封面頁，而是要替一支國外進口的新型香水打廣告，以夏日為主題，規劃在四月的時候開始販售。接這份工作的人不僅我一個人，還有一位女模特兒。

「女性香水的香氣是走熱帶風，請小嬪擺出歡樂又性感的表情；至於男性香水則是清新的香味，麻煩納十演出高貴又愜意的感覺。實際上應該不會有太大的問題，因為是這個品牌主動相中你們兩位，你們形象和產品非常符合。我們會拍一些合照，但是不會有過度親密的合照，如果畫面拍得好，應該可以盡早收工。」

今天的拍攝時間限定在兩到三個鐘頭以內，拍攝工作對我來說並沒有什麼問題，就算我的心思不在這裡，依然能拍出相當多張可以使用的照片。我回頭看了一下那個穿著夏威夷襯衫、在對面走來走去的人，或許是拍照拍膩了，他正沿著海灘散步，偶爾踢下沙子、踏一下海浪，小臉上寫著「無趣」兩個大字，看了就令人心疼。

攝影師通知大家可以收工之後，有位負責化妝品的女工作人員跟我搭話。

「喜歡嗎？」

「嗯？」

「達姆先生的那個朋友呀，看你老是不停盯著他。」

這個問題促使我露出笑意，但是我並沒有回答。

她彷彿能夠猜得出來，不過表情並沒有多訝異。在演藝圈裡面，應該是看過不少男藝人或是男模特兒私底下是喜歡男性的。有些人不是很在意，有些人會拿來說三道四，還有些人甚至會把這些消息賣給記者。

「試著追追看吧，十弟弟這麼帥又這麼有錢，加油。」

「謝謝。」我回答，但是並沒有明說是感謝哪件事。隨後我出聲向對方道別，請求先行離開去卸妝換衣服。

一打開房間的門走出來，我就看到一位身穿夏威夷襯衫的可人兒倚在那兒。

「怎樣？有空了嗎？」

「嗯。」

「那我可以玩水了嗎？」

我朝他燦爛一笑。「來吧，陽光剛好不會太強烈。」

基因那張無奈的臉瞬間綻放笑容，可惜看不見那雙圓圓的眼睛，因為被一副大大的太陽眼鏡遮蓋住了。我邀他回到飯店前面的私人海灘。

這一帶的人不多，大多是不認識我的外國人。細細白白的沙子深淺不一，打上來的海水透澈見底，附近停了好幾艘長尾船。

「你要下水嗎？」

「我就在上面幫你看管物品吧。」

基因翻了個白眼。「那到底為什麼要叫我等你啊……等一下找達姆一起玩算了。」

「等等。」

基因一臉疑惑地轉回來看我，當我伸出手掌時，他仍舊一如往常，糊里糊塗地就把手搭在上頭。

只有一隻手對我來說是不夠的，卻還是牢牢地牽著，真想要拉過來溫柔地把嘴唇貼上去，但因為人還在外頭，只能用手指摩挲。「我只是想要幫你擦一些防晒乳。」

基因臉色變得飛快。「那就用說的啊！」

他害臊地想把手抽回去，卻被我緊緊扣住。我拉著我的男朋友一起坐到海灘床上，隨後把防晒乳擠在他裸露出來的手臂上。

我們就這樣面對面坐著，基因的位置比較高一些，我才能觀察到他薄薄的眼皮與細長的睫毛；基因也目不轉睛地盯著他被我拉過來塗抹防晒乳的胳臂。

當他的胳膊以及脖頸都塗抹完了，我才蓋上瓶蓋。「別玩太久喔，我就坐在這裡。」

面前的這個人露出迷人的燦笑。

「謝啦。」

太可愛了……我不由得嘆了一口氣。

一個多鐘頭後，我才有辦法把基因從海邊叫回來，他整個人都溼漉漉的，但是即便玩得很累，整張臉上依然洋溢著愉悅的笑靨。回到飯店，我幫他把行李拖到我房間，然後才放他去洗澡。我想基因應該累得需要好好休息一會兒，但是他一換好衣服，竟然立即約我繼續到外面玩。

「基因，要多注意一些。」

「嗯。」

我出言提醒，可身旁的這個人應該是當作了耳邊風，走在路上啃著可麗餅，眼睛往道路兩旁張望，差點就要撞上迎面而來的人了，我只好伸手抱住他的肩膀，把他拉到身邊。

「要吃些海鮮嗎？選剛剛經過的店也可以，我想要吃檸檬蒸烏賊。」

「我都依你。」

「想吃，但是現在還不餓。」

「那到底是誰吵著要先吃甜點的？」

「忍不住嘛，太香了。」

「那先走一走好了。」

街道上的人不多，大部分都是外國人，所以不需要太過在意旁人的眼光。

「石頭拱門，潛水欣賞淺水珊瑚。」

經過旅行社的門口，基因拉著我走進去看。「你會有空嗎？如果沒空我就自己去。」

「基因先生認為我會放任你一個人去嗎？」

「假如你有工作的話也只能這樣啊，也沒辦法再多待幾天，下個星期你有考試不是嗎？」

「明天的拍攝清晨就結束了。」

「你受得了啊？」

看他一臉擔憂的模樣，我就止不住笑意，低下頭輕聲細語地呢喃，令他睜大了雙眼。「之前跟基因先生睡過之後，隔天一早也照常爬起來去上課，完全受得了。」

「幹！如果你再繼續說這種話，小心我捅你喔。」

「我只是借用基因先生說過的話呀。」

基因聽完撇撇嘴，似乎是不想開口說話，也或許是不想要再更加尷尬，轉過頭去盯著貼滿玻璃櫥窗的旅遊廣告圖片。我沒有太過掛心，倘若男朋友想要去旅行，那就放手隨他去玩吧，想去哪裡、玩些什麼都行。

「飯店也有旅遊方案呀，住客還可以享有折扣，我們回飯店再看吧。」

「好。」

「吃飯、吃飯，檸檬蒸烏賊。」

我含糊地說著，在返回剛才經過的海產店途中，我把手放在他的頭頂上。

我們花了兩個多小時在街道上步行，一回到房間就聽到基因嘟噥的抱怨，因為他已經洗完澡了，結果又從外頭帶了身食物味以及灰塵回來。他抓起毛巾，重新再洗一次。

我在他之後才沐浴更衣，一走出浴室就發現他整個人趴在床上，按著手機螢幕，似乎是在回應某個人的訊息。開啟的電視被晾在一邊，他似乎不怎麼有興趣看它。

我拿起遙控器關掉電視，爬上床之前把房間的大燈都關了，只留下一盞燈光微弱的檯燈。

「十。」

「嗯？」我的雙眉微挑，原本趴在床上玩手機的人翻身滾過來找我。

「一起拍張照吧。」

「是要放在ＩＧ上面嗎？」

「沒有啦，是要發在 LINE 群組給爸媽看。躺下來、躺下來，我懶得再爬起來了。」

一隻小手在床上拍了拍，我從靠坐的姿勢改成了躺姿，倚靠在基因身邊，他主動擠了過來，圓圓的腦袋不經意地撞了我的頭一下。近在咫尺的距離，讓我能聞到他剛使用過的飯店洗髮乳所散發出來的香氣。

基因把手機拉到最遠的距離，打開照相機的鏡頭。

「這裡。」

「好。」

「請你看著鏡頭，不是看我的臉。」

這番話使得我忍俊不住發笑。

「還有，也不要擺出太帥的表情，今天發送過去的照片，我媽只顧著誇獎你。」

「我可是什麼都還沒有做啊。」

「這樣吧，那你扮鬼臉好了。」

「是哪種鬼臉呢？」

「就……」

基因沉思片刻，隨即扮了個鬼臉讓我當作參考。他把鮮紅的小舌吐了出來，似乎是努力想要搞笑一樣，殊不知此舉令我把持不住。我先是伸手托住他小巧的後腦杓，接下來碾磨那不知為何會如此可口的嘴脣。

「喔，會痛耶，臭小子。」

我始終以微笑回應他。

自從我再次回來見到基因的臉，就一直是這個樣子，完全不會反駁他。

當我把基因扯到懷裡抱著，他的手機就滾落到床上。

數到二十八

我躺平在沙發上，手指滑著手機，看著一張又一張的照片。放置在矮桌上的筆記型電腦播放著流行音樂，我跟著輕聲哼唱。

出去玩了三天，我完全沒有碰小說，目前還剩下兩篇特別篇。當初納十通知我要去海邊時，我就想著要盡快把整份初稿完成，沒有工作纏身才能放鬆下來，旅行的時候才不會想東想西，才能夠盡興；但是忙來忙去，或許是因為趕進度的壓力太大了，我反而更寫不出東西。

最後我索性把特別篇拋在一邊不去理會。

雖然玩了好幾天，整個人累到不行，但是內心宛如充飽了電，回到家之後，過了一天左右，我就完美地把作品從頭到尾完成了。

將電腦關閉以後，我就直直地躺著，隨心所欲地滑著手機，打開相簿欣賞之前拍的那一堆海邊風景照以及大自然照片。雖然先前早就發布過照片了，不過想了想，再發布一次也不賴，就像是留存在ＩＧ裡面做紀念一樣。

我已經好久沒有出去旅行了，每天都窩在家裡睡覺，沒有記錯的話，最近一次旅行是在年初的新年期間。那次是爸去新加坡出差，媽託付我陪同爸一起前往，出去見見世面也不錯。我看到了許多新奇的東西、不一樣的環境，這麼多的資訊都可以當作未來小說的創作題材。

至於今天晚上……預計等納十從大學回來之後，再帶他出去外面吃飯。我想要請客，而且還是無上限的請客，得好好慶祝初稿完成了嘛。

叮咚！叮咚！

達姆（聯繫工作請打辦公室電話）：基因。

達姆（聯繫工作請打辦公室電話）：有空嗎？我有一件重要的事情要跟你談。

我的眉毛揚起，一臉疑惑地盯著這項通知，當我點進去達姆的聊天室之後，還沒來得及打字，螢幕就先跳出了來電顯示，達姆似乎是等不及了。

「唔，怎麼了？」

「抱歉，你在幹麼？」

「就……躺著休息，有什麼事情嗎？」

達姆異常嚴肅的語氣令我吃驚，隨即伸手去按下筆電空白鍵停止播放音樂。

達姆嘆了口氣。「我剛好碰上一點問題，我現在在大諳姊的辦公室裡，你方便過來一趟嗎？」

「為什麼我得過去！」

「姊想要跟你談談。」

「跟我談？為什麼要跟我談？」我滿臉狐疑。

這次達姆不是打視訊電話過來，因此我只能從他的聲音察覺到情緒，我不解地從躺姿改成坐姿，調整手機的位置，把喇叭對準自己的耳朵才能聽得清楚。

「是納十跟電視臺的事情，其實我跟我姊說了沒有必要跟你談，她也有把納十叫過去談話，但是她看你是我的朋友，所以才想要跟你談。」達姆的聲音聽起來壓力真的很大，而且還夾雜著一絲絲的憤怒，不過我知道他不是針對我，比較像是在對他姊姊感到不滿。

不過既然他都提到了納十的名字，我也趕緊詢問——

「現在十和你在一起嗎？」

「他跟姊正在辦公室裡談話，我走出來打電話給你的。」

「那我等一下就出發，麻煩你發送你姊公司的地點到LINE給我。」

達姆允諾並且掛上電話之後，我馬上收到他發送過來的座標。我在早上就洗過澡了，但依舊是一身睡衣，所以花了些時間回到房間換裝，戴上隱形眼鏡。

我還是不太明白發生了什麼問題，但是看這個情形，直接面對面談話好過一直逼問。再者就是……知道納十就在那裡，我不免擔心。達姆的姊姊是納十隸屬的模特兒公司老闆，因此他說的事情應該是和工作有關。我對整件事的來龍去脈並不知情，此外也和大諳姊不熟，沒有跟她說過話。

我開啟網路地圖，把手機放在汽車的儀表臺上，花了四十多分鐘之後才抵達目的地。

大諳姊的模特兒公司是一棟五、六層樓高的大樓，沒有停車場，幸運的是，這附近有一個計時付費的停車場。我望向前方玻璃窗上的訊息，得知他們除了在徵求模特兒、演員之外，另外還開設一些訓練課程，上頭貼滿功成名就的明星以及人物照。

「基因。」

我才剛推開大門，坐在會客廳沙發上等待的達姆立刻起身走過來。他的表情非常的凝重，眉頭緊蹙。

「我姊在樓上，走吧。」

「十也在對吧？」

「嗯，在，和我姊已經談了好長一段時間了。」

我點了點頭，達姆帶我搭電梯到大樓的最上層。途中我看見摩肩接踵的人潮，或許是模特兒，或許是工作人員，但是我不怎麼感興趣，看到達姆現在這副模樣，我也跟著嚴肅起來。

他把我帶到走道盡頭的房間前，抬起手敲了敲厚重的玻璃門，接下來才打開門走進去。

「姊，基因來了。」

我掃視了房間，映入眼簾的景象是納十坐在靠近大門的椅子上，身上穿的學生制服顯示他才剛下課。起先他的表情沒有表現出情緒，不過當他轉頭看到我的瞬間，倏地皺起了眉頭。他對面是位坐在一張大辦公桌前的女性，她頂著一頭長髮，髮尾燙成大波浪捲，身上的工作服有些時尚。這是我第一次見到達姆的姊姊，以她的美貌來擔任模特兒公司的老闆，真的是名副其實。

我先望向納十，接下來才舉起手向現場年紀最大的人行禮致意。

「基因先生。」納十率先呼喊我的名字，他用眼角瞥向達姆。「帶基因先生過來做什麼？」

「是我請達姆打電話去問的。」大諳姊開口替達姆回答，她攤開手掌比向納十旁邊的空位，示意我坐下。「是基因對嗎？達姆跟我提過，你是他大學的朋友對嗎？可以直接叫我大諳姊。」

「啊，好。」

大諳姊的表情以及語調相當和緩，不過神情看起來是嚴肅的。

我走過去坐了下來，覷了一旁的納十一眼，往常圍繞在他身上的光環變得不太尋常。我已經從達姆口中得知出了一些問題，以這個情形來看，應該非同小可。

「我覺得姊把事情做得太過火了。」

「不會太過火，這事完全牽連在一起，這也是為了你、基因，還有電視臺那邊的利益。」

「別忘了這件事情不在我們的合約裡。」

「那件事姊知道，但是別忘了，這些事情互相都有關聯，你不是也看到了嗎？」

「……？」我一臉疑惑地注視著納十與大諳姊一來一往的爭論。
我可以感受到納十想阻止大諳姊告訴我更多的細節，我大概清楚他一旦語氣淡漠且態度無動於衷的時候，就是一個很明確的訊號，表示他真的很不高興。
我抬起手觸碰一下納十的手臂，接著才開口說話──
「是發生什麼事情了嗎？」
就在我插入話題的當下，大諳姊立刻轉過來與我四目相交。「無論如何這件事情都必須要溝通，ＯＫ……先前納十去沙敦府工作的時候，基因也有跟著去對吧？」
「對。」
「其實姊先前就知道了，不過沒有什麼意見，因為我知道你跟達姆是好朋友，達姆要帶朋友去那裡也算不上什麼問題，可是後續卻有這樣的事情爆發出來。」她娓娓道來，神情仍舊很專業，接著把一份Ａ４大小的紙張遞給我看。「之前納十在ＩＧ上面發布照片或是文章都沒有出現過什麼問題，每一位粉絲都知道基因和達姆是朋友，而且剛好基因又很湊巧地住在納十隔壁。」
我接過了文件。
映入眼簾的是一則網路獨家娛樂新聞，被截圖列印下來，斗大的標題寫著飾演知名電視劇男主角的演員有交往對象了，對方還是身邊的人。

上面有張被偷拍的照片，是納十和一名男子在夜市相偕散步的畫面。照片裡的納十低下臉靠近那人，彷彿是在說悄悄話一樣，嘴角掛著熟悉的笑容。就算照片看起來是從很遠的地方放大拍攝，而且取景的畫面是在一群人當中，但是我很清楚地知道自己的長相。

我和納十……

「一旦有了照片、有那一個瞬間，會出現基因與納十的螢幕情侶趨勢也不怎麼令人意外，在那個圈子裡是很稀鬆平常的事情。還有啊……納十就算再怎麼發布照片都還算是在合理範圍內，你們看起來會很要好，不過是因為作者與經紀人的朋友這個身分，剩下的，就留給他人去解讀。」

我從看到那張照片的那一刻起就不發一語。

就算達姆的姊姊沒有很直接的明說，但我想我大概知道她所說的「問題」是什麼了。

「會受到影響的，是剛播出的電視劇。當觀眾看了電視劇就會投入到劇情裡，電視臺也會利用這一點來宣傳，如此一來才能把納十跟飾演受方男主角的演員塑造成一對來提高收視率，大家會以為螢幕情侶是真的在交往。因此一旦發生這種事情的時候，電視臺那邊就會譴責姊的公司，說為什麼會放任這種事情發生？」

「……」

「目前流出了很多網路消息，基因自己看一看吧。」大諳姊再一次把手指向我手中的文件。

我抽起第一張紙，疊到最後一頁以便繼續閱讀。第二張照片的畫面，是粉絲有一千多人的臉書專頁，看起來像是剛設立，網頁的封面是納十的照片，當然照片裡不只有他一個人，我也在裡面。

網頁的名稱是……納十基因的關鍵時刻大全。

我壓抑地深吸一口氣，又翻了一頁，接下來的這一頁內容，是照片與推特內文，有一大堆人在上面留言。

Lukpeach・考試之後@peetod・12月1日：

吼，媽真不應該追蹤納十哥哥的ＩＧ，一開始對作者基因先生沒有什麼感覺，但是只要他們在一起的時候就會變得非常、非常、非常、非常可愛，現在已經不太迷納十跟邇頤了，比較瘋納十跟基因，什麼都不用說了。#十基因 #霸道工程師 #BadEngineerTheseries

（影片）（照片）

一定要成為廚師2019@lovejea・11月29日：

跳船完成，這一對超級有實感，作者與演員這類型的，很可以，哈哈哈哈哈，可以換基因哥來演攻方男主角嗎？我肯定會反覆觀看五百萬次。＃十基因 #BadEngineerTheseries

（照片）（照片）（照片）（照片）

Mxoldz@lfcikon・12月7日：

趕緊從鄰居與經紀人的朋友關係升級成男朋友吧！＃十基因

（照片）（照片）

讀過之後，我不曉得該怎麼描述當下的感受，有關納十會在ＩＧ上面更新訊息的事，或是有人喜歡看我和納十合照的事，我是知道的，不過也才沒幾個人。我不知道事態會擴大成這樣，竟然連＃十基因的標籤都出現了，甚至還造成電視劇的阻礙。

納十沒有在玩推特，那天在Paragon的活動上我有跟他提過有關照片以及發文的事情，他也明白。之後我去逛他的ＩＧ，就沒有再看到他發布那些內容了。他偶爾會到我發布的照片下方留言，不過看起來沒有蘊藏什麼涵義，比較像是認識的人剛好住在附近而已。

事態會發展到這裡，是因為有照片跟新聞報導說納十有交往對象了，而那個對象就是我。

「看電視劇的人情緒受到了影響，因為他們發現，有人把十基因的標籤和電視劇的標籤貼在一起。」

大諳姊補充的聲音時不時響起，我沒有別過臉去看她，或是做出任何回應，因為注意力全都放在手中的這些紙上。

門門＠TangmoxXx・23個小時：

把十基因湊成對的人請不要貼上小說或是電視劇的標籤可以嗎？

＃霸道工程師 ＃BadEngineerTheseries ＃十邇頤

Mai kin pla:(@_pla65・12月9日：

說真的，我們也不想要批判別人的配對想像，但是看了覺得很不ＯＫ，後來又看到納十有對象的新聞，而且還分析說是基因哥，更是覺得不ＯＫ，不想要再繼續追劇了，看了完全沒感覺了。

＃BadEngineerTheseries ＃十邇頤

sweetie 請叫我寶貝@Artyoyo・12月9日：

真的是男朋友啊!?納十真的有男朋友了嗎？嗚嗚嗚嗚，照片中的人不是邇頤對嗎？到底怎麼了？為什麼男朋友是其他人？不ＯＫ，感覺很差，極糟。

（連結）

#BadEngineerTheseries ＃十邇頤 ＃霸道工程師

FC 歐巴的小城@Naeaol・12月9日：

為什麼納十有男朋友了？男朋友是從哪裡冒出來的？是把邇頤放在哪裡？好失望呀！為什麼要這麼自私？完全不顧粉絲們的心意，碰到這一遭，以後我們可能不會再繼續喜歡了。

＃十邇頤 ＃霸道工程師

我的手腳異常地麻痺，特別是在看到最後一則推特的時候。

我很清楚，除了這些以外應該還有好幾則推特，這些只不過是達姆的姊姊摘錄下來給我們看的一部分而已。

「姊拿這些不是要給你難堪，不過是有必要把它列印出來當作證據，證明現在真的出現問題了，而且電視臺那邊也非常不高興。」

「……」

「雖然原因有很多項，但姊知道造成粉絲們不高興的最主要原因，或許是因為有新聞報導納十有男朋友了。正值電視劇當紅之際，納十的對象竟然不是一起演戲的受方男主角，所以才會讓他們更生氣。」

我閉口不語，就這樣一直拿著那份Ａ４資料，即便它只是一份很輕盈的紙張，我卻覺得它厚重得像是沉甸甸的鐵塊。

有人對於我和納十的事情感到不滿，我感覺不太好，但是因為這件事情而導致有人看電視劇的時候沒辦法投入，這的確是我的疏忽所造成，因為我考慮欠周詳，才會造成電視臺以及其他人的麻煩。至於說不會再追蹤納十且不再喜歡他的那則訊息，則是達到厭惡的級別了，這是令我感覺最糟糕的一件事。

「基因。」

我轉過頭看了一眼坐在旁邊的納十，覺得他能夠理解我的感受。他搶走我手上的紙，抓著我停在半空中的手，緩緩地拉到大腿上放著。他已經很努力在控制他的情緒了，結果竟然還得安慰我，我心情宛如跌到谷底。

「沒有關係的，完全不是基因先生的緣故。」

「我……」我張口欲言，可是又不知道該說些什麼才好。

「姊不想要再多做說明了，事情既然發生了，就只能去修補它。會把納十叫過來，是為了要總結一下到底該怎麼做；至於請基因一起過來的原因，是想拜託基因配合。」

我的視線移到大諳姊身上，徐緩地點了點頭。

「姊和電視臺談好了，他們那邊也這麼說，接下來你們不能再待在一起了，不能表現得很親密，也不能聊天、放照片或者是互相留言，這樣才不會有任何資料流出去變成新聞。先讓這件事情平息下來，電視臺那邊會想辦法把電視劇炒熱；至於說納十有對象的那則新聞，明天晚上會修正新聞稿，解釋當時達姆也在場，只是沒有被拍進畫面裡。」

不能待在一起？不能聊天？

我在腦海裡重新複習一遍這番話，我什麼都還沒有說，納十反倒搶先開口了——

「基因先生是我的愛人，不讓我們待在一起根本不可能。」

「所以姊不是說過了嗎？你不應該有交往對象。」

「如果妳是說在電視劇上映的期間不能發布照片，或是在大庭廣眾之下不能待在一起……我還可以理解；但是等到這個趨勢過了後，我就不贊同了。剛剛我也說過了，合約裡面沒有禁止我有交往對象。」

「姊也沒有禁止你有交往對象，而是說你不應該有。」
「意思沒有任何差異。」
「當然有差異，你不是也知道那些年輕的明星、模特兒，特別是出演BL電視劇的影星，假如想要保持人氣就不應該有交往對象，而是投注心力在螢幕情侶上；若是想要擁有哪個人，那就從粉絲當中挑選，他們可以接受的。」
「喔！我還得讓別人來幫我挑選嗎？」
「你得照顧到追隨你的粉絲，他們是你的衣食父母。」
「我只簽了平面模特兒的拍攝工作，我會接這次的電視劇全是因為基因先生，本來就沒想要接其他的工作。」
「……」
「我就提前先告知吧，等電視劇播完之後，我要終止合約。」
「納十！」
「十！」
辦公室裡的人幾乎是異口同聲地喊出他的名字。
我的腦袋糊成一團，急著想找出解套的方法。到底有什麼方法可以讓大家皆大歡喜，我實在是想不出來，因為電視臺的要求太過突然了。
即便話說得很委婉，但是我知道大諳姊想要我們兩個人分手……

坐在辦公桌後方的大諳姊挺直了腰背，臉上的表情越來越凝重。「你知道你把事情複雜化了嗎？你竟然只為了男朋友這件事情就想要毀約？還剩下十個月的時間，假如毀約……」

「知道，我會付錢的。」

「納十！為什麼要做得那麼絕？只要分手就好了，現在事業發展得正好，你只為了眼下的快樂就要放棄自己未來的一切嗎？」

「姊，這樣講就太過分了……」

大諳姊舉起手。「達姆你不要插嘴。不管怎麼樣，現在最好的方式就是先不要聯繫，才不會有任何消息走漏。發了新聞稿說沒有任何進一步的關係，這一切才能被控制住。電視臺那邊會打著電視劇螢幕情侶的招牌加強廣告，這樣就能夠處理掉這件事，看電視劇的觀眾這麼多，他們會比較希望是這樣的結果。」

「妳的言行非常的自私自利。」納十語氣平穩地出聲打斷大諳姊的話，他的神情比剛才還要冷淡許多，一看就知道他有多麼的怒火中燒與不悅。「很抱歉我必須說得這麼直接，姊捫心自問，妳不想要讓我交男朋友的原因，是為了我還是因為這樣一來公司才會有工作邀約？」

大諳姊猛地站起來，使得椅子滑動，撞上後方的櫃子。「為什麼你竟然……」

「好的，好！」

我的聲音使得大家突然安靜下來。

「我和納十……在大庭廣眾之下不會同時出現，也不會再拍照、留言了。」

「……基因先生。」

我沒有回過頭去看納十。「接下來片場只要沒有達姆同行，我就盡量不出現。」

我開口說話的同時，直視著面前的大諳姊。聽完我的結論之後，大諳姊震怒的表情才逐漸緩和。她吐了好大一口氣，抬起手揉捏著鼻梁。

直到這一刻，我才轉過去面向納十。他那雙清亮的眼睛直直地凝視我，我無法讀透他的想法，生怕他會不高興，因為我沒有事先和他討論就做出了這個決定；但這也是因為大家爭論不休，遲遲無法做出定奪，我自己又完全牽涉其中，眼見這勢必會造成一些問題，心情更是糟糕。

我可以理解電視臺的理由，也能明白納十的想法，不過我不想要替納十帶來更多的麻煩。

「至少你自己很清楚。」大諳姊的聲音親和了一些，她把椅子推回來坐上去。「無論如何，現在真的已經沒有更好的辦法了，我也不想要讓情況變成這個樣子，你可以理解對嗎？」

我點了點頭，勉強擠出一抹微笑。

這件事情就這樣落幕了，大諳姊說明天納十得進公司一趟，或許會有現場直播說明事發的經過，不是什麼大明星的正式聲明稿，但是必須要有這麼一場說明。

接下來的對話我沒什麼心思去仔細聆聽，之後大諳姊要去處理她自己的事務，就先行離開了，臨走前交代達姆處理好要記得鎖門。

達姆似乎是很明瞭我們需要溝通，所以先行發聲打破沉默——

「你們兩位談一談吧，一個小時後我再進來。」他從鼻孔裡沉重地哼出一口氣，轉身離開現場。

大門關上的聲音輕輕地響起，大諳姊的辦公室裡就只剩下我和納十兩個人了。

我安靜地坐在原處，睇了身旁的那個人一眼。

「納……」

「這樣是不會有幫助的。」

「……？」

「那樣子回答。」

「什麼意思？」

「公司並不只是想讓我和基因先生在公共場合下分開、禁止拍照或是留言，她只是拐彎抹角地在逼迫我們分手。」納十語氣平穩地說著話，炯炯有神的雙眸同樣直直地注視我。

我愣愣地盯著納十，知道他不同意，而且頗為不滿。

「如果不這麼做，是要叫我怎麼辦？你也知道電視臺那邊不是很高興，他們投資電視劇，當然會希望得到利潤，突然之間變成這種情況，他們自然不肯讓步。」

「那件事情我可以理解，我也不想要讓基因先生小說改編成的電視劇出問題。」

我趕緊搖了搖頭。

關於這件事情我能理解納十，我不認為他不在乎我的電視劇，問題在於會造成電視臺負責人的麻煩。

「要遵從電視臺的指示去做沒有什麼大礙，如果能夠解決問題，我願意忍著只跟基因先生在家裡相處；但是我不同意的地方，是因為大諳姊不只是想要在電視劇播出的期間叫我們那麼做。如果同意照大諳姊的意思去做，下一次她就會找其他麻煩，逼迫我們一直這樣下去。」

「那也不會怎麼樣啊。你是明星，本來就得這個樣子啊。」

我不想要成為納十工作上的阻礙。

一想到是自己造成今天的局面，見他竟然為了毀約而願意賠償，我鬱悶到了極點。

「本來就得這個樣子？」緘默許久的納十重複一遍我說過的話。「我是不曉得其他演出電視劇的明星是否會願意和另一半躲躲藏藏地交往，然後在網路上宣傳自己和其他人在交往，但是我不想要那麼做。」

「……」

「基因先生要怪我自私也可以，但是我會答應演這齣電視劇都是為了你，如果這會造成我們之間的阻礙，那我也不會想要做這份工作。」

「我不是……」我趕緊搖頭。

原本想要說出來的話卡在喉嚨裡，怎麼樣都說不出口。

「那麼你想要怎麼做？」

「就像剛剛說的那樣，電視劇播完後，我就要終止合約。」

「不可以！」我立即打斷納十的話，眉頭緊蹙。「你做這個工作能夠自食其力地存到錢，已經好久都不需要再向父母伸手要錢了，不需要因為這件事情就毀了一切，還有就是……毀約必須要付賠償金，不單單只是幾萬、幾十萬塊而已。」

「那麼基因先生願意忍受這種交往方式？不讓別人知道我們在交往？放任別人以為我和邇頤在交往？」

「……」

見我回答不出來，凝神注視著我的納十搖了搖頭。「基因先生又這個樣子了，別人出了問題要求你妥協，你就輕易地對別人心軟，那為什麼不替我也想一想呢？」

「我有替你想啊！但是我不想要害你浪費錢，而且還害你失業。」

「基因先生還不懂嗎？合約裡面並沒有禁止我不能有交往對象，所以公司才會拿我還有邇頤的事情當作藉口來壓迫我們。假如社群媒體一直關注這件事情，輿論不會這麼輕易地就平息的。」

「……」

「如果要讓公司滿意，就只剩分手這條路了。」

「……」

我全身僵硬。

分手……

原本在我腦海裡的一切，都被這個兩個字占據了。

在談判的時候，我沒有想過最後的結論會變成這個樣子，我和納十的想法不一致，或許有更多解決的方法，可能會有某一方吃虧，或者是兩敗俱傷，但是我從來沒有想過的方法就是分手。

「你……你想要分手？」我的聲音微弱到幾乎聽不見。

面前的這個人一言不發，只是一味地盯著我看。

他想要從我身上找尋什麼？或者只是在猜測我的想法？納十到底在想什麼，為什麼要這麼說呢？他只是舉個例子，還是說他認為這個問題，分手或許比較好？我的腦子裡不停冒出疑問。

我不想要和納十分手……我只知道這樣。

一陣恐懼感襲來，迫使我站起身。我現在才開始後悔，我不想要聽，也不想要看見納十點頭回應這個問題。

「我們……之後再談好了。」

最後，我做了更令人感到難過的事情，就是走出那間辦公室……

我在寬大的浴室裡長嘆一聲，兩隻手撐在鏡子前的洗手臺上，就那樣一動不動地站著好幾分鐘。後來我又嘆了口氣，打開水龍頭，兩手捧著掬水。

昨晚回到家之後，整個人昏頭昏腦的，但因為我努力強迫自己去思考，所以頭開始出現陣痛。納十還沒有回來，我知道他得拍戲拍到晚上九點、十點，大約估計他可能回到家的時間，趕緊先去洗澡，爬上床把自己埋在被窩裡面。

我勉強自己閉上眼睛睡覺，卻遲遲無法入睡。

我聽見大門解鎖的聲音以及細微的腳步聲，身體不由得一僵。納十抵達家裡的時間大約是晚上十點多，臥室的門被拉開，我立刻閉上眼睛，假裝已經睡著了。

納十不曉得躡手躡腳地在做什麼，我可以感覺到他逐漸逼近，然後在我躺下來的這一側停下腳步，過了好一陣子才走進浴室裡。

我……很明顯是在閃避納十。

內心有一個聲音叫我起來跟他溝通，我們之間一定要得出結論，可是又有另一個強烈的聲音禁止我這麼做。我害怕納十會回應我白天所丟出的那個問題，害怕他真的會說出我不想要聽的話。

因此昨天我睡睡醒醒，一整個晚上翻來覆去。

我眼神空洞地盯著自己捧起的冷水，發現神智又跑遠了，一抬起頭就看見臉上的黑眼圈，一副很疲倦的模樣，不由得又是一陣感嘆。

這件事情我並非不理解納十，我知道他所做的一切都是為了我和他，我可以感受到他是真心愛我的……當然我也深愛著他。

我不是不理解他，我只是……不希望他掏錢出來做這種事情。

大諳姊要求我們分開的事情，我不是很想要那樣做，我們在交往，我當然會一直想要待在他的身邊。

……但那也是沒有辦法的事。

那個時候我釐不出任何頭緒，才會先開口答應大諳姊。而且就像納十說的那樣，倘若合約還在，模特兒公司或許會想盡辦法拆散我和他。模特兒公司為了塑造出一個明星，會提供工作給自己的藝人，假如有任何一位藝人走紅，收入會非常可觀，他們當然會緊抓著不放了。

結果我竟然變成納十那個孩子的絆腳石了？當我一這麼想，該死的覺得糟糕透了。

我洗了把臉，稍微清爽了一些。洗完臉、刷好牙之後，就拖著沉甸甸的腳遲緩地走出去，我轉身看了一眼房間裡的時鐘，上頭顯示的時間是早上九點。

匡噹！

我推開門朝客廳走去，結果卻愣在當場，我看到熟悉的身影剛好從廚房裡走出來。

「十……」

和我僅有一步之差的人，正是這房子的主人。

我以為他早就去大學上課了。

我一時之間不知道該擺出什麼樣的表情，也不知道自己此刻的表情是什麼樣子。

「剛睡醒嗎？」他的語氣平靜。

「嗯……」

「……」

「……」

我不說話，他也不說話，尷尬的氣氛籠罩四周。

我只能呆站著一動也不動，不曉得該怎麼做、該說些什麼才好。納十同樣也定在原地，我覺得心跳很紊亂，不知道跳得是快還是慢。

「我們還沒有談完的那件事……」

納十突然打破了沉默，我嚇了一大跳，原本紊亂的心跳開始變得沉重。

「昨天我也說了些任性的話。」他稍微移動了下身體。

納十一說完那句話，我就立刻轉過去注視著他，他所說的話令我內心舒坦了一些。

我走向前靠近他，輕輕地搖了搖頭，想要否定他這樣子說自己，但是還沒來得及開口，他接下來所說的話，使得一切都被顛覆了。

「如果基因先生想照著公司說的去做，那我就會那麼做。」

「……」

「其他人知道我們住在同一棟公寓裡，這陣子新聞還在風頭上，如果有人出面指出我們住在一起，問題還是會源源不絕地發生。」納十的語調依然如故，沒有任何的情緒在裡頭。「這段期間，基因先生就先搬回自己的房間住吧。」

我的腳如同被大石頭絆住了一樣，只能望著他筆直地走向臥室。

……這種摸不著頭緒的的感覺，就像是被什麼東西敲了一記腦袋。

數到二十九

當情緒一平靜下來，許多事情也全部跟著緩和了。

我發現，只要在心情不佳的情況下，我們通常會失控而且會不斷把所有事情都往負面的方向去想，就連事情是否真是如此也不曉得。

昨天晚上……我收拾一些貴重物品回到自己的住處。

我把所有的東西往沙發上一堆，就一直原封不動地放在那兒，自己如同被抽光力氣一般，什麼事情都不想做。我坐在沙發上，到了深夜就回到臥室裡休息，熟悉的氛圍籠罩著我，如果是以前的我，或許會覺得平靜自在，但是現在反而像是四周被黑暗包圍。

我不停反覆思索，我和納十交往真的好嗎？

納十雖然沒有說什麼，可是就整體來看，我對那個孩子來說根本就是個掃把星。不是我帶著負面的眼光在看世界，而是它就是從負面情緒當中產生出來的暗黑碎片，逐漸吞噬我的內心，使得我所看到的一切都變得不順利。

「如果有人出面指出我們住在一起，問題還是會源源不絕地發生。」

越想，事情就變得越糟糕。

從納十昨天所說的話來看，只能是分手一途了，他那麼的生我的氣……

叩！叩！

敲門聲把我逐漸跌進深淵裡的意識拉了回來，我立刻從沙發上起身，一想到會是納十就飛快地跑去開門，焦急得忘了事先從貓眼確認對方身分。

結果來人竟然是達姆。

「你這副狀態……」

達姆能夠上得來，應該是知道大樓密碼。我先是望著他，接著又低下頭望向其他地方。

我有些鬱悶，達姆是納十的經紀人，應該是知道我和他發生了什麼事情。一想到這裡，我就不想要見到任何人，想要一個人靜靜地沉思；但是另一方面又想說，倘若我一個人待著肯定會無法控制地胡思亂想，能夠看到朋友的臉也好。

「你還好嗎？」

「嗯，你沒有工作嗎？」我裝作無所謂地問道。

「你的聲音很沙啞，身體不舒服嗎？」

我微微地皺了下眉頭，輕咳幾聲：「我也不知道。」

從昨天早上到今天傍晚，我才有機會和別人說話，連我也不曉得自己的聲音變成怎麼樣了。倘若真的生病了，也是因為太過疲倦所造成的。

「我有帶一些成藥，你先回房間吧。」

達姆拍了我的肩膀，隨即拖著我的手臂走進臥室裡。當我們經過沙發的時候，我聽見對方模糊的嘟噥聲，那傢伙應該是被眼前髒亂的景象嚇著了，但是他並沒有說出來，這反而讓我更加難受。

他壓著我的肩膀請我坐下來，隨後自行走進廚房裡倒了兩杯溫開水。

「來，舒緩喉嚨疼痛的藥還有喉糖，吃一下吧。」

「謝啦。」

吃過藥後，我的聲音好了一些。

達姆盯著我拿起水杯一飲而盡，然後搖了搖頭。「接下來你得餐餐吃飯、吃藥了。」
「嗯，所以你今天真的不用工作是嗎？」
我又問了一遍沒有得到答案的問題，會這麼問，也是因為我想知道納十的情形。
自從他請我搬回來那天起，我就沒有再看過納十了；納十似乎也刻意躲著我，每當我望向隔壁陽臺，那個房間始終黑漆漆的。
「等一下有工作，在六點，是電視臺安排在百貨公司的活動；除此之外還有時尚走秀的工作，有好幾位年輕明星一起受到邀請。我會來找你，是想要找你一起去。」
我拿著水杯的手頓了下。「找我去？」
「基因。」他喊了我的名字。「昨天我姊跟你還有納十說的事情，我是完全不同意的。」
「……」
「我知道，大姊會這麼說，是因為納十替公司帶來龐大的收益，也讓公司的名氣水漲船高，我姊可能是怕會失去像納十這種王牌。雖然一開始簽約的時候就知道納十不會完全投入到演藝圈，可是當那傢伙一說要演你的電視劇，我姊就想說可能可以再幫他接更多的工作。」

「嗯。」我遲緩地點了點頭。「這也是人之常情。」

「但是不應該那麼做，因為你是我朋友呀。」

「……」

「所以你現在是跟納十有問題是嗎？」見我沉默不語，只是靜默地盯著手中的玻璃杯，達姆不死心地繼續追問：「看到你的狀態應該就能猜到了……是吵架了嗎？」

吵架？我思考了一下他說的話，是吧……

「沒有，我們沒有吵架。」

「啊，那你們之間還行吧？」達姆立刻露出不解的表情。

我看著他，然後轉回來看著手中的玻璃杯，不知道該怎麼回答才好。

我們並沒有吵架，反而比較像是出現問題，彼此意見相左，再加上電視臺以及模特兒公司的問題，不得不小心謹慎一些。納十昨天雖然沒有表現出憤怒、不高興的情緒，而且也說了是他自己任性，願意照著我所說的話去做，但是他的冷淡平靜讓我覺得很難受。

我……真該死！

「是我一個人的錯。」

達姆眉頭緊蹙地望著我。

「是我沒有先跟納十討論就答應你姊，十也跟我說了……」一說到這裡，我的聲音就消失了。

「說出來吧，我能夠分辨。我說過，這件事情我姊也有錯。」

我描述先前和納十談論的事情時，沒有看著達姆的臉，就算沒有說出全部的細節，他卻長嘆一大口氣，用力地往後靠上沙發。

「納十他確實是猜中了一切。」

「嗄？」

「我也是剛剛才知道，我姊打算在合約期滿之後請納十續約。」他注視著我的臉，眼神裡滿是愧疚。「電視劇要是播完，其實就沒什麼事了，但是我偷聽到有公司聯繫我姊，要請納十還有邇頤繼續接另一項新企劃，聽說是知名導演的電影，我姊正想辦法要讓納十答應接下工作。」

我立刻拉下臉來。「你姊……」

「嗯，我知道，其實這件事情納十並沒有錯，如果要跟你交往的話，合約裡面的確沒有寫到任何一個字，只不過是卡在粉絲群還有電視臺那邊而已。」

聽到達姆最後所說的話，我不由得輕輕地嘆了口氣。

「你不再去和納十溝通看看嗎？」

「我……想要談，但是……」

「嗯？」

「我不知道納十是不是想要跟我說話，還是說……」一說到這裡，我就沉默下來。

「我可以理解你現在的情緒。」達姆點點頭。「但是納十應該還不至於不想跟你說話，他只是覺得有些委屈吧？以他那種個性也不是不可能。說得老派一點，就是我們輸給了愛情，每一個人都是如此。納十愛你愛得那麼深，特地答應要演出電視劇，願意買公寓住在你隔壁，事情沒有你想的那麼糟。」

起初我還凝視著達姆的眼睛，但是說到後面時，我低下頭望向了手中的杯子，指尖輕輕地在上面滑動；彷彿一旦把杯子放到桌上，閒置的手會感覺到不自在。

達姆所說的事情，我不是沒有想過……

「往好的方面想，相愛的兩個人也會有爭執、互相不理解對方的時候，這是很稀鬆平常的事，不吵架才奇怪，你想太多了。」

「嗯，或許是吧。」

「看你這個樣子我就不ＯＫ了，我想讓你跟納十好好坐下來談一談，但如果你還沒有準備好要跟他說話，那要不要跟我出去吃個飯？等一下我請客。」

「……」

「不過等等有活動，就是我剛剛提的那個，到時在那邊吃好嗎？你先在那邊等我，不會很久的。」

我沉默了半晌。「電視臺不准我和納十在外頭碰面的。」

「沒有關係的，你和我同行，別人才能看見啊。你是以作者跟我朋友的身分去，電視臺不會有意見的。越是看到這種情形，電視臺才能在臉書以及娛樂新聞版上說明你跟我很要好，到哪裡都跟我在一起，阻擋你和納十有合照，新聞才會更逼真。」

聽到這些話之後，我一語不發，大腦再次運作。

「也行。」

結果達姆竟然睜大雙眼，表現出驚訝。「所以你決定要去嗎？」

「嗯……雖然不曉得該怎麼辦，但是我也想要去跟十道歉，然後再溝通一次。」

達姆站起來，伸手過來拍我的肩膀。「嗯，就得這個樣子，才不會一直保持這種殭屍的狀態。」

「嗯。」

或許是因為鼓勵過我後我的樣子還是鬱鬱寡歡，達姆再三嘆氣。

「那我等一下先去外面買個東西吃，工作六點開始，現在才下午一點多，我會幫你一起買，這段期間你就先沐浴更衣整頓一下吧，ＯＫ嗎？」

我看著他的臉，隨後點點頭回應對方，不過就在他走出去之前，我伸出手輕輕地拉著他的手臂。

「有什麼……」

「謝謝。」

他的神情瞬間變得柔和。「不要緊的，我們是朋友，但如果有機會，請我吃一頓飯好像也不錯啊。」

從前天到今天為止，達姆是第一個能讓我稍微露出笑容的人。

洗過澡後，我換了一身乾淨衣服，整個人有精神多了。

我先把那亂翹的頭髮吹到完全乾燥為止，然後才走到客廳休息。在我面前的還是那臺筆記型電腦，昨天把它搬回來後就一直丟在那裡，完全沒有打開來過。自從完成了初稿，再加上處於休假期間，我幾乎沒有什麼機會使用到它，手機在這兩、三天也是一樣的情形……

我知道很多方面或許會被窺探、會被批判，我能理解那些看的人，不認為他們有什麼錯。就算他們不高興地指責我、納十或是電視臺，但也因為有他們的幫忙，我的小說或是電視劇才能往好的方向發展。

走到這一步，我想起爸說過的話……

他說過兩個人交往不僅只有愛情，還有許多人、職責、工作、協調、管理參與其中，我們所在的地方不會只有我們兩個人，而是一個非常寬廣的世界。

如果問我感覺會不會很差，就如同我的小說會被他人品頭論足一樣，讀者有不同類型，人也有百百種，同時會有可以理解以及無法理解我們的人存在，或是會抱持不同的想法來理解，他們都有權利去發表意見或是批判。我的ＩＧ上可能也會有人上來抱怨，但是我不太會將這些事放在心上，因為我一心只顧著擔憂納十的事情。

不過，自從修正過的新聞稿發出來了之後，不曉得目前的情況變得怎麼樣了？

我瞄了一下時間，達姆還沒有回來，活動還有兩個鐘頭才會開始。

……有時候，我或許是個很容易讓自己變得消極的人吧。最後我還是決定打開筆電，進入推特畫面，然後搜尋自己的電視劇標籤。

旋轉的天鵝@lamkanP_amp·12月11日：

有新聞出來了喔，所以納十其實還完好如初地保持單身，跟邇頤還有追加活動，這支影片是我朋友拍的，他們鬥嘴的時候超級可愛的。#十邇頤

#霸道工程師 #BadEngineerTheseries（影片）（照片）

我麻木地看完這短短兩分鐘的影片，內心忍不住冒出了某種情緒，而我也清楚那是什麼情緒。

在照片以及影片中的邇頤笑得很可愛，當粉絲調侃他的時候，他笑得樂不可支；站在一旁的納十也露出了靦腆的微笑，就像平常的他對粉絲所展現出來的神情。

嫉妒……

我沒有真的在吃邇頤的醋，自從我們那天談過之後，就常常會在LINE上聊天。昨天晚上他也發訊息過來問這件事，不過我還沒有回覆他。以前的我或許會覺得很奇怪，但是現在我知道邇頤真的沒有喜歡納十，這兩個人只是朋友而已。可是，我還是嫉妒他們可以在大庭廣眾之下公開地在一起，而且不會有人去譴責他們。

我不期待有人幫我配對或者是成為粉絲，我只不過是希望可以和喜歡的人到任何地方都能夠在一起，不用在乎他人，僅此而已……

FrostBebe<3@epaBentoDIE・12月11日：

#十邇頤這樣，好險～～事情的原委就是納十在麗貝有平面拍攝的工作，基因哥（作者）和納十的製作人達姆是朋友，那次也有一起去，他和納十很熟，就像IG上面看到的那樣，卻被某個人偷拍，而且沒有拍到整個畫面，少了達姆哥～～超同情達姆哥的。#霸道工程師#BadEngineerTheseries

（連結）

Fc麥雅拉@Tontal659・12月11日：

吼～～～為什麼會把#十基因配成對啊？那邊的人，他是這個樣子的～～#BadEngineerTheseries #基因先生不是司機

心愛的@SIPESER3・7個小時：

不想再配對也不想再打些什麼了，因為我們好像是上了鬼船，船消失了，看到新聞之後，船就被颶風打散，只剩下木塊了。但是看到有人跳出來嘲諷我們這邊，我也想要跟那邊的人說一些事情，如果你們仔細地觀察照片、發文……等等，會發現#十基因比較真實，我知道你們同樣心知肚明。

#BadEngineerTheseries #基因先生不是司機

Ichiichi@ichi-nii77．5個小時：

這件事情基因先生完全沒有錯，他什麼都沒有做啊，納十也沒有做錯，問題出在我們身上吧，隨便幫人家配對，回過頭去看一開始的推特，有些人在那加油添醋，還說要抵制電視劇，現在糗了吧？出來道歉一下也好。#BadEngineerTheseries #基因先生不是司機 #霸道工程師

坦克船潛水@zeofkEE．5個小時：

我想很多人心裡很清楚，這種配對的螢幕情侶、CP，都只是一股熱潮，有的時候眼見不一定為憑，或是真相我們看不到，我們不會知道。實際上若不是我們想像的那樣，我們也會難過，但作品還有他的電視劇演出還是很值得讚許的，我們已經有心理準備了，十喜歡誰，我們就會喜歡他，說完了，耶，哈哈哈哈哈。#BadEngineerTheseries #納十

第一天新聞剛出來的時候，可以看到非常多不同的見解……不過討論的熱度似乎是有大幅平息下來的跡象。我坐著看了一會兒，雖然在推特上面仍

然有人表示不高興我和納十太過親近，不過轉推的人數並不多。我想很多人是可以理解我的，他們一看到新聞聲明，知道我和納十沒有特別的關係之後，對這件事就冷卻了許多。

我把滑鼠移到叉叉上面點擊，跳出推特頁面，合上筆記型電腦，改換成拿起手機進到ＩＧ。自從去海邊回來後，我就沒有再更新過消息了。

我收到通知，我發布的最後一張照片有相當多的人前來按讚，我選擇隨意瀏覽幾則留言，以及有很多人按讚所以跳到最上面的留言。

Gubgib88：基因哥，我的名字叫做谷比，我從最初哥在網路上發布肯特與南茶的小說時，就一直有在追蹤哥的作品，坦白說比起納十，我反而是哥的粉絲。我看到新聞，緊接著就有人說不想要看電視劇了，當時我很焦慮，怕會衍生出其他問題來，但是基因哥應該比我更焦慮吧，幫哥加油，無論如何我會繼續看電視劇的，因為從還是小說的時候就很喜歡了。

tdkdtlg：加油喔！基因哥，別人要說什麼是他家的事，看電視劇是一種樂趣。

jyudoShippy：雖然都有新聞發出來說＃十基因之間沒有什麼，但我還是很喜歡你們，唉。

會追蹤我的人，大多是些會給予鼓勵的人，讀了訊息之後相當能夠療癒人心……

「基因，飯來啦。」

我關掉ＩＧ，把手機放回原處。

達姆消失了將近一個小時才回來，使用我提供的感應卡自由進出大門。他的表情有點不悅，沒有拿東西的那隻手抓著領口搧風，我不禁感到不好意思。

「抱歉。」

「沒關係的，去了有點久，我在下午三點的時候突然想要吃肉骨茶，所以花了一個世紀的時間開車四處找，過來，一起吃吧，我還有買油條喔。」

「謝謝，另外找一天我也請你吃個飯。」

「嗯，不用客氣。」

我和達姆一起拆開塑膠袋把食物倒進碗盤裡，吃著食物的過程中，他一直找我說話，都是些不會令我難受的芝麻小事，能和別人聊一聊，我的心情大致上也好了許多。

一接近活動開始的時間，達姆就主動開車把我載到活動地點，我原本以為自己能夠去對抗而且不會多想的念頭又再次動搖。我踩在地上的腳走得越遠，每一步的速度就越來越慢。

但我還是繼續往前走。

我又回想起納十請我搬回自己房子的那天，不由得再次感受到挫敗，就連先前在跟達姆描述的時候，也是在心裡嘆了一大口氣。我還跟他說，要為了沒有先商量過就答應大諳姊這件事情向納十道歉，我一定得找到更好的解決方法才是……

不知不覺間我停下腳步。

「基因。」

「……」

「基因！」

咚！

「喔！」我舉起手扶在額頭上。

「你幹麼在人行道上停下來？這邊人很多。」達姆瞪了我一眼，把手放在我的額頭上按揉。

這時我才回過神，發現我正停在百貨公司為了迎接貴賓以及受邀的明星而鋪的紅地毯上，兩旁都是攝影師以及滿滿的粉絲們。

我環顧四周，發現這不算是大型活動，有家贊助商是餅乾公司，粉絲們或許是得知這間百貨舉辦的活動才會前來參與。

「我才剛說你心不在焉，不到一分鐘你又走神了。」

「唔，抱歉，那你現在是要去哪裡……」

「舞臺後方，納十應該也會在。」

「……」

「幹麼？是要改變主意了嗎？」

「沒有。」

達姆嘆了口氣，來來回回地搖著頭。他走回來站在我的身邊，張開手臂摟著我的肩膀，一邊使力推著我向前走，一邊低下頭來在我的耳邊說悄悄話：「記得要微笑啊妖孽，不然別人會以為你不想來。」

「嗯……」

聽了他的話之後，我就勉強地擠出一個微笑，只是眼神裡沒有一絲一毫的興奮。為了避免他人注意到我的真實情緒，我把頭壓低了一些。我聽見小說粉絲們的招呼聲，轉過頭去朝他們揮揮手、露出笑容，看到還是有人對我友善地打招呼就開心了許多。

我和達姆走到舞臺後面。實際上，百貨公司籌備的舞臺通常會是一個開放的空間，有些不會有後臺，但有鑑於這次邀請的來賓人數眾多，所以主辦單位就準備一大片黑布遮蔽，防止沒有經過允許的記者進來，也避免有偷拍的畫面流出。

進到裡面之後，發現工作人員已經安排好受邀的藝人來賓順序，為了避免打擾他們，達姆就指示我先等一會兒。

「這段期間我們先來拍照好了，放到我的IG上。」

坐在一旁垂頭喪氣的我轉過去看向他。「為什麼要拍照？」

「才能當作證據證明我們待在一塊啊，等一下會直接發照片、發文，過來、過來。」

我一臉無精打采，因為沒有什麼心情拍照。

達姆抱怨了幾聲，因為我的臉色實在是入不了鏡頭，可是他仍舊說等一等會下一個適合的標題，隨後就全神貫注在手機上，頭沒有再抬起來過。

我安靜地坐著，聽見主持人的聲音混雜著觀眾的陣陣尖叫聲以及動感的流行音樂傳進來，外面感覺應該非常有趣，不過我此刻心情很低落，所以只覺得聽來格外刺耳。過了一陣子，坐在一旁的達姆似乎是有電話撥進來，他接聽之後就轉過去揮了揮手當作信號。

「喂，我坐在這裡啦。」

這裡的聲音嘈雜，達姆就一路揮手示意，然後穿過黑布，朝另外一個方向跑出去。

我杵在原地，正思考著若是納十回到後臺，我到底該怎麼向他打招呼才好？內心還是很忐忑不安，害怕著納十回應後我的反應，但是又想說既然都來了，無論如何我都要跟納十說上話。

「基因哥。」

我的心思正飄得老遠，突然間一股力道從後方衝上來抱住我，同時有一道愉悅的嗓音傳來，嚇了我好大一跳。

「好想哥，跟誰一起來的？」

「邇頤弟弟……」

我呢喃著對方名字，他緊緊地抱著我的脖子，把臉靠得很近，接下來就輕輕地貼上我的臉磨蹭。有一瞬間我失了神，不過沒多久我就想到一件事情，假如邇頤已經回到後臺，那就表示納十或許也在場？

我立刻側身與他拉開距離，起身環顧四周。

「是在找誰呢？十嗎？」

「對。」我沒有否認。

「臭十還卡在外面接受採訪呢。」邇頤聳了聳肩。「等一下可能就會進來了吧，基因哥是跟誰一起來的？」

「跟達姆，他去講電話了。」

「哦。」邇頤點點頭表示理解，隨後靠過來環抱住我的手臂。邇頤個頭比我嬌小，當我們像這樣子靠得很近時，他就把頭還有臉頰靠在我的肩膀上。

「好久不見了，除了思念基因哥之外我還很擔心呢，而且自從那則新聞發出來之後就不回我的 LINE 了。」

從我開始和邇頤在 LINE 上聊天後，雖然不是天天無時無刻不在聊天，不過一旦有機會談話，我們就逐漸熟識起來，而且比之前更瞭解彼此。我覺得邇頤的個性挺不錯的，就如同多了一位弟弟一樣。

「基因哥ＯＫ嗎？」

我稍稍愣了一下。「什麼ＯＫ？」

「跟十吵架了吧？我看臉色猜的。」他立刻緊接著說後面那句話，彷彿是知道我會起疑心。

「其實沒有。」

「但是出現一些問題對吧？」

「……」

邇頤搖了搖頭，嘆了口氣。「唉，就說跟他分手，跟我交往比較好吧。」

「……」

「開玩笑的啦，別露出這副表情嘛，我看了也跟著有壓力了。」

我朝他苦澀地笑了一下，他見狀皺起臉來。

「其實我也問過十了，不過他很會吃醋，還是像往常一樣不願意跟我說任何有關基因哥的事情。從昨天開始，他整個人就散發出一股冰冷刺骨的氛圍，學校也沒有半個人敢過去跟他說話。」邇頤說道。

我越聽越感到惴惴不安。

起先就知道納十不高興，但是沒想過他會氣到現在。

十……看來是真的很生我的氣啊。

「模特兒公司存心要綁住十，我是知道的，很慶幸我沒有那個問題。」

「邇頤是怎麼知道的？」

「十有跟我談過，因為最近這段期間有很多工作邀約要我們一起接，還有電影等級的企劃呢。」邇頤說的話和達姆先前提到的事情一樣。「不過臭十那傢伙拒絕了。我和十聊過這件事情，我也拒絕了所有想要利用ＣＰ情侶吸引觀眾的工作。」

我瞬間睜大雙眼。「為什麼啊？」

先前邇頤才說亟需用錢，突然間拒絕這種看起來收入會很豐厚的工作，不就白白丟失了大好機會？他可能是在幫納十同時回絕，這樣模特兒公司才不會拿這件事情當成是強迫納十續約的工具，一想到這裡，我的壓力又更大。

「哦，不是因為基因哥的緣故，其實我也不太喜歡跟十配成對的風氣，後期電視臺時常叫我們演出親密互動，十似乎跟公司提出了新的方案。」

「提出新的方案？」

「嗯，不過我不太清楚細節，他本來就不是個喜歡解釋的人。」

我的表情仍舊很困惑，努力地拼湊出自己的猜測。

那天之後，納十可能又再去跟大諳姊談判了吧？

「如果十進來的話，基因哥再試著問——」

「邇頤先生。」

邇頤的話還沒說完，就先被一位提著看板的工作人員打斷了。

工作人員一副很著急的模樣，氣喘吁吁地跑過來，通知接下來的順序。

邇頤皺著眉頭點了點頭，不情願地轉過頭來向我道別，說會再發 LINE 找我，甚至還交代我要回覆，然後才消失在另外一端。

我注視著他的背影好一段時間，不知道活動的行程表是怎麼安排的，還有納十什麼時候才會進來，不過聽聞了邇頤所說的事情，我原本擔心面對納十的焦慮感消失無蹤。

納十向大諳姊提出了新的方案……我想先問他這是怎麼一回事，ＯＫ嗎？有什麼問題嗎？我很抱歉放任事情變成這樣，原本決定從今以後會一起試著找到解決方法，結果卻還是讓他一個人去處理。

我在原地走來走去，覺得不能再這樣沉默下去了。為了能和納十見面，我直盯著連接舞臺的唯一一個入口。

十分鐘……十五分鐘……二十分鐘。

最後我實在是忍不住，決定走到那個位置，想要偷看一下外面到底在做什麼。我將手伸向黑布，還沒來得及觸碰到，它反倒先被拉開來。

「對不……！」

我傻在當場。

那個正要進來的人也愣住了，當我看清楚來人是誰，立即脫口叫出對方的名字——

「十。」

納十一看到是我，那張兩天不見的熟悉臉龐就換了個表情。

他穿著不會很正式的時尚套裝，髮妝讓他露出一部分額頭，因此能更清楚地看見他立體的五官。那雙眼睛凝視著我，不過周圍的氣氛卻異常冷冽。

我以為他會像之前一樣對著我笑，可是只看到他緊蹙眉頭。

「基因先生。」

他的反應使得我不知所措。「唔……」

「為什麼要來？」

我原本想要說的話卡在喉頭，說不出來。「我……」

納十向前走了一步，或許是因為我擋在路中央，所以他側著身體繞過去，伸手把黑布蓋得嚴實。比起請我把個人物品搬走的那天，他的態度還要更冷淡一些，我的頭宛如是被大榔頭敲了一記，感覺又暈又混沌。

我好一陣子無所適從，但因為害怕會像先前一樣，所以強迫自己把話說出口。

「我……有話要跟你談。」

「談？」

「……」

「這裡有很多記者，也有工作人員，基因先生不是也看到了嗎？」納十環顧周遭，語氣平穩地再次說道：「基因先生已經答應過大諳姊了，這個活動也有其他公司的人在，先回去吧。」

「……」

見他那副模樣，我的四肢都麻痺了。

這就是我最不想要見到的事情。

他似乎是很不耐煩，責備我這樣子過來找他，但是他的話我同樣無從否認。十在生我的氣。

我緊閉著雙唇，稍微向後退開，必須努力克制表情不要洩漏出自己的心聲。我輕輕地點了點頭，盡量壓抑著不讓說話的聲音顫抖：「ＯＫ。」

「如果想要談的話，回房間再談。」

「……嗯，知道了。」

我低下頭，感覺到耳朵裡面都是嘈雜的聲音，但是我什麼也聽不進去，馬上轉身從舞臺後面走出去。我內心希望那個人會叫住我，但是走了大約十多步，仍舊什麼聲音都沒有聽到。

我加快了腳步。

我甚至忘記要打電話給達姆，也不知道自己在這種情緒不穩定的情況下，是怎麼有辦法叫計程車回到家的。

數到十就親親你 ❸

作　　　者／Wankling（วาฬกลิ้ง）
繪　　　者／KAMUI 710
譯　　　者／胡矇
榮譽發行人／黃鎮隆
總　經　理／陳君平
協　　　理／洪琇菁
總　編　輯／呂尚燁
執 行 編 輯／陳昭燕
美 術 監 製／沙雲佩
美 術 編 輯／方品舒
國 際 版 權／黃令歡、梁名儀
企 劃 宣 傳／楊玉如、洪國瑋
文 字 校 對／朱瑩倫
內 文 排 版／謝青秀

國家圖書館出版品預行編目資料

數到十就親親你（三）/ Wankling（วาฬกลิ้ง）作；
胡矇譯 . -- 1 版 . -- 臺北市：城邦文化事業股份有限公司尖端出版：英屬蓋曼群島商家庭傳媒股份有限公司城邦分公司尖端出版發行，
2021.11-
冊；　公分
譯自：นับสิบจะจูบ
ISBN 978-626-316-099-6（第 3 冊：平裝）

868.257　　110013868

出版／城邦文化事業股份有限公司　尖端出版
台北市 104 中山區民生東路二段 141 號 10 樓
電話：（02）2500-7600　傳真：（02）2500-2683
讀者服務信箱：7novels@mail2.spp.com.tw
發行／英屬蓋曼群島商家庭傳媒股份有限公司城邦分公司　尖端出版
台北市 104 中山區民生東路二段 141 號 10 樓
電話：（02）2500-7600　傳真：（02）2500-1979
劃撥專線：（03）312-4212
戶名：英屬蓋曼群島商家庭傳媒（股）公司城邦分公司
劃撥帳號：50003021
※ 劃撥金額未滿 500 元，請加付掛號郵資 50 元
法律顧問／王子文律師　元禾法律事務所　台北市羅斯福路三段 37 號 15 樓

台灣地區總經銷／中彰投以北（含宜花東）　楨彥有限公司
電話：（02）8919-3369　　傳真：（02）8914-5524
雲嘉以南　威信圖書有限公司
（嘉義公司）電話：0800-028-028　　傳真：（05）233-3863
（高雄公司）電話：0800-028-028　　傳真：（07）373-0087
馬新地區總經銷／城邦（馬新）出版集團 Cite（M）Sdn Bhd
電話：603-9057-8822　　傳真：603-9057-6622
E-mail：cite@cite.com.my
香港地區總經銷／城邦（香港）出版集團 Cite（H.K.）Publishing Group Limited
電話：852-2508-6231　　傳真：852-2578-9337
E-mail：hkcite@biznetvigator.com

版　次／2021 年 11 月 1 版 1 刷　Printed in Taiwan